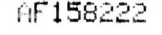

Über den Autor:

Sandro Hübner, wurde 1991 in Görlitz geboren. Besuchte erfolgreich die Schule und widmete sich mit 10 Jahren Kurzgeschichten, Gedichten und Vorträgen, die sehr umfangreich verfasst waren. Als er 17 Jahre alt war und sich als Schriftsteller die Zeit, für seinen Ersten Roman: SAD SONG - Trauriges Lied - nahm, machte ihm das Schreiben sehr großen Spaß. Sandro Hübner lebt in Berlin und arbeitet bereits an seinem nächsten Roman. Er hat mittlerweile Bestseller geschrieben.

Vom Autor bereits erschienen: www.sandrohuebner.de

Für dich Mama, Papa Oma, Opa und Ur-Oma

Alle Geschichten, wenn man sie
bis zum Ende erzählt,
hören mit dem Tode auf.
Wer Ihnen das vorenthält,
ist kein guter Erzähler.

E. Hemingway

SANDRO HÜBNER

DIE COPS DES HORRORS

Horror

Bibliografische Information der Deutschen Nationalbibliothek:
Die Deutsche Nationalbibliothek verzeichnet diese Publikation in der Deutschen Nationalbibliografie; detaillierte bibliografische Daten sind im Internet über http://dnb.dnb.de abrufbar.

TWENTYSIX
Eine Marke der Books on Demand GmbH

© 2023 Sandro Hübner

Herstellung und Verlag:
BoD - Books on Demand, Norderstedt

ISBN: 978-3-7407-2726-0

Alle Rechte, einschließlich die des auszugsweisen Nachdrucks in jeglicher Form und der Übersetzung, sind vorbehalten. Das Werk darf – auch teilweise – nur mit Genehmigung des Autors wiedergegeben werden.

Alle in diesem Roman vorkommenden Personen, Schauplätze, Ereignisse und Handlungen sind frei erfunden. Etwaige Ähnlichkeiten mit lebenden Personen oder Ereignissen sind rein zufällig.

Die Cops des Horrors

»Gehen Sie weg, bitte! Verschwinden Sie!« keuchte der Mann. »Sie können hier nicht bleiben. Machen Sie endlich!«

Laurie Ball lächelte.

»Aber was ist denn mit Ihnen los, Mr. Stone? Sie sind doch Hank Stone - oder?«

»Ja, ich bin es und bin es doch nicht.« »Wieso?«

»Ich bin fertig. Sie haben es geschafft.«

»Wer ist sie?« fragte Laurie.

Da hob Hank Stone den Blick. Laurie Ball erschrak. Was war nur aus ihrem Kollegen geworden! Hank Stone, ein Kerl, der sich vor nichts fürchtete, der die New Yorker Unterwelt kannte wie seine eigene Westentasche, saß nun als menschliches Wrack vor ihr. Gebrochen und innerlich zerrüttet. Tief lagen die Augen in den Höhlen, die Haare - einst schwarz - waren jetzt grau und hingen ihm strähnig in die Stirn. Die Haut erinnerte an welkes Herbstlaub, und der Körper des Reporters war ausgemergelt. Es glich einem Wunder, dass. Laurie Ball den Mann gefunden hatte.

In der South Bronx, diesem Abbruchviertel und Verbrecherbrutnest hatte sie ihn aufgegabelt.

Hank Stone legte beide Hände gegeneinander und flehte seine Kollegin an. »So gehen Sie doch - bitte! Es hat keinen Zweck. Sie sollen nicht auch noch mit hineingezogen werden und ihnen in die Hände fallen.«

»Wer, zum Teufel, sind sie?«

Hank Stone kicherte hohl. »Teufel, ja, da haben Sie recht. Es sind Teufel. Sie kommen direkt aus der Hölle. Aber aus der tiefsten. Und sie kennen keine Gnade. Sie sind gefährlich, grausam und unerbittlich. Es sind die...«

Er stockte.

»Nun sagen Sie es schon!« drängte die Reporterin.

»Nein!« Verzweifelt schüttelte Hank Stone den Kopf.

Und Laurie Ball wusste auch nicht mehr, was sie machen sollte. Sie hatte Hank Stone durch einen Zufall gefunden, als sie ein rauschgiftsüchtiges Mädchen aus der Hölle der South Bronx holen wollte. Laurie fühlte sich für diese Randexistenzen der Gesellschaft verantwortlich. Und bei ihrer Suche war sie auf Hank Stone gestoßen, einem längst verschollenen Kollegen.

Sie hatte ihn in diesem Verschlag gefunden. Auf einem Hinterhof. Und er hatte sich regelrecht verkrochen.

Draußen war es dunkel.

Es brannten kaum Lichter. Die meisten Laternen waren von zerstörungswütigen Banden zerstört worden. Die wenigen, die noch brannten, standen ebenfalls schon auf der Liste.

»Bitte gehen Sie!« flehte der Reporter. »Bitte!«

Laurie schüttelte den Kopf. »Nein, Hank, ich nehme Sie jetzt einfach mit.« Sie streckte die Hand aus, doch Hank schlug sie kurzerhand zur Seite.

Das Girl verstand ihn nicht. Laurie konnte nichts verstehen, denn sie wusste nicht, was Hank Stone hinter sich hatte. Aber es musste schlimm gewesen sein. War er Verbrechern in die Hände gefallen? Hatten ihn Banden durch die Mangel gedreht?

Eigentlich nicht, denn Laurie konnte keine Verletzungen bei ihm feststellen. Diesen Mann mussten sie auf eine andere Art und Weise fertiggemacht haben.

Aber wer?

Laurie war trotz ihrer zweiundzwanzig Jahre kein grünes Mädchen mehr. Sie wusste genau, was sie wollte.

Und sie hatte schon einige haarsträubende Abenteuer hinter sich gebracht.

Die Tasche hing an einem langen Riemen über ihrer rechten Schulter. Sie öffnete sie und holte eine Zigarettenschachtel hervor. »Jetzt rauchen wir erst mal eine«, sagte sie lächelnd und hielt Hank die Schachtel hin. Der schüttelte den Kopf.

»Nein, nicht. Auch ein Todgeweihter braucht keine Zigarette mehr.«

»Todgeweihter?«

»Ja, ich bin dem Tod geweiht«, flüsterte Hank.

»Wer will dich töten?« fragte Laurie. Sie war kurzerhand zum Du übergegangen.

»Die - die Cops!«

»Die wer?«

»Polizisten!«

Laurie schüttelte den Kopf, dann lachte sie, aber das Lachen klang unecht. »Du bist verrückt, Hank. Wie sollen die Cops...« Sie verstummte und holte tief Luft. »Welchen Grund sollen die Cops haben, dich töten zu wollen?«

»Weil sie aus der Hölle kommen!«

Jetzt verstand die gute Laurie gar nichts mehr. Aber sie lachte auch nicht über die Worte ihres Kollegen, denn Laurie wusste, dass es nicht nur die normale Welt gab. Sie hatte selbst erlebt, wie

Manhattan von einer Vampirwelle überschwemmt werden sollte und wusste auch von dem Horror-Taxi, das durch die Straßen der Millionenstadt am Hudson gefahren war.

Sollte ihr Kollege auf ein grauenhaftes Ereignis gestoßen sein?

»Hast du sie gesehen?« fragte sie.

»Ja.«

»Und?«

Sie bekam keine Antwort mehr, denn Hank Stone setzte sich plötzlich steif hin.

»Was ist?« flüsterte Laurie.

Stone streckte seinen Arm aus. Seine Finger fanden Lauries Hand.

»Sie kommen, ich höre sie...«

»Unsinn!«

»Nein!« Das letzte Wort schrie er, und in seinen Augen flackerte die Angst. »Hast du dich nicht darüber gewundert, dass es auf den Straßen so ruhig gewesen ist?« fragte er. »Sonst ist in der South Bronx der Teufel los, aber jetzt nicht mehr. Jetzt haben alle Angst. Selbst die härtesten Bandenführer ziehen den Schwanz ein und verkriechen sich in ihre Löcher, wenn die Horror-Cops unterwegs sind.«

Hank hatte recht. In der Tat war in den Straßen längst nicht so viel Betrieb wie sonst.

Laurie hatte sich zwar darüber gewundert, sich aber sonst keinerlei Gedanken darüber gemacht.

Sie hörte das Brummen eines Automotors. Dann verstummte das Geräusch. Wagentüren schwappten zu.

»Nun sind sie da!« raunte der Reporter und begann zu schluchzen. Laurie Ball holte tief Luft. Sie war eine moderne junge Frau, trug ihr blondes Haar kurzgeschnitten, hatte zahlreiche Sommersprossen im Gesicht und war vom Typ her ein Girl, mit dem man Pferde stehlen konnte.

»Dann lasse uns fliehen«, sagte sie. Hank Stone schüttelte den Kopf.

Laurie war es leid. Wenn er nicht freiwillig mitkam, müsste man ihn eben zu seinem Glück zwingen.

Sie lief auf Hank zu, fasste ihn an den Schultern und wollte ihn hochziehen, doch er machte sich absichtlich schwer, so dass Laurie keine Chance hatte.

»Nein!« keuchte er, »nicht. Ich kann ihnen nicht entkommen. Sie würden mich finden - überall.«

»Stell dich nicht so an!« schrie Laurie. Schritte!

Auf dem Hinterhof. Mit Eisen beschlagene Sohlen hämmerten auf rissigem Asphalt. Im Stechschritt, von einer monotonen Gleichmäßigkeit, aber auch von einer Zielstrebigkeit, die darauf schließen ließ, dass sich die Ankömmlinge durch nichts von ihrem Tun abhalten lassen würden.

Laurie sah sich um.

Es gab zwei Räume in diesem Anbau.

In einem lag Hank Stone. Ein Durchgang führte in den anderen. Er war eine ebensolche Rumpelkammer wie der erste.

»Flieh!« keuchte Hank, »bitte...«

»Nein!«

»Doch, damit tust du uns einen Gefallen. Mich kann keiner mehr retten, aber wenn sie dich auch packen, ist es vorbei. Dann gibt es keinen Zeugen. Verstehst du nicht, Laurie? Du bist wertvoller, wenn du verschwindest! «

Laurie überlegte.

Ihr Kollege hatte recht. Vielleicht war es besser, wenn sie ging.

Aber konnte sie ihn einfach zurücklassen? Nein, nicht in dem Zustand. Sie brachte es nicht über sich, den Kollegen in den Tod gehen zu sehen.

»Dann komm mit«, sagte sie, doch Hank Stone wehrte sie brüsk ab.

»Nein, mich kann niemand mehr retten. Wie oft soll ich dir dies noch sagen! Ich war im Vorhof der Hölle, ich habe gesehen, wie sie es mit...«

Er verstummte.

Schritte!

Schon im Haus.

Sie kamen über die Treppe hoch. Gleichmäßig, mit einer schon brutal zu nennenden Präzision.

Sie wollten ihr Opfer. Die Horror-Cops...

»Weg mit dir!« zischte Hank Stone. »Geh weg! Beobachte und räche mich, wenn du kannst. Denn was ich gesehen habe, darf es nicht geben. Die Cops und die Henker. Sie arbeiten Hand in Hand. Sie richten die Menschen. Sie...«

Jetzt waren die Schritte an der Tür.

Und da erst reagierte Laurie Ball. Sie huschte auf leisen Sohlen in den anderen Raum hinein und drückte sich rechts neben dem offenen Türrechteck in den toten Winkel. Ihr Rücken berührte die schimmelige Tapete, die zum Teil von den Wänden gefallen war. Die Mauern zeigten dunkle Feuchtigkeitsflecken, aber das alles war der Reporterin egal. Sie wollte nur die Cops sehen.

Und die kamen.

Mit einem Ruck flog die Zimmertür auf.

Hank Stone lachte wie irr.

»Ja!« kreischte er, »kommt nur, ich habe euch erwartet, ihr Bestien!«

Die Schritte stampften quer durch den Raum, wobei die Eindringlinge kein einzige Wort sprachen.

Dann blieben sie stehen.

Lauries Herz klopfte oben im Hals. Plötzlich hatte sie Angst. Aber sie überwand das allzu menschliche Gefühl, schob sich ein paar Zoll vor und peilte um die Türecke.

Die Cops standen in gebückter Haltung vor dem Reporter. Laurie sah die blauen Uniformen und die glänzenden Koppel. Auch die Revolvergriffe die aus den Holstern ragten und die schwarzen Stiefel.

Schweigend zogen sie Hank Stone hoch.

Und er sagte kein Wort, hing wie ein willenloses Bündel zwischen ihnen. Zwei Cops hielten ihn fest.

Der dritte gab das Zeichen. Die Polizisten drehten sich um.

Und jetzt schaute Laurie zum ersten Mal in ihre Gesichter. Im nächsten Moment glaubte sie, einen Elektroschock bekommen zu haben.

Die Cops hatten keine menschlichen Gesichter, sondern Skelettfratzen!

Fahl glänzten die Totenköpfe unter den Mützenschirmen. Die Augenhöhlen waren dunkle Löcher, ebenso wie Mund und Nase. Auch ihre Hände bestanden aus blanken Knochen, doch unter den Uniformjacken trugen sie Hemden mit korrekt gebundenen Krawatten.

Ein Bild zum Fürchten.

Laurie glaubte ihren Augen nicht zu trauen. Sie hätte am liebsten losgeschrien, doch sie beherrschte sich, denn wenn sie sich bemerkbar gemacht hätte, wäre auch sie verloren gewesen. Dann hätte sie das gleiche Schicksal ereilt wie Hank Stone.

Welch ein Schrecken!

Die Cops schauten stur geradeaus. Der erste ging vor und zog die Tür auf, die wieder ins Schloss gefallen war, während die anderen beiden den Reporter Hank Stone nach draußen schleiften.

Sekunden später war der Spuk verschwunden.

Laurie glaubte zu träumen, doch als sie die polternden Geräusche aus dem wurmstichigen Treppenhaus vernahm, da wusste sie, dass es kein Traum war.

Und sie vernahm das Stöhnen des Reporters.

Dieses Geräusch riss sie zurück in die Wirklichkeit. Plötzlich war ihr klar, dass sie nicht einfach zuschauen konnte, wie die Skelette ihren Kollegen abtransportierten.

Nein, sie musste etwas tun!

Sonst hätte sie nie mehr reinen Gewissens in den Spiegel schauen können. Sie hätte sich mitschuldig am Tod ihres Kollegen gefühlt.

Am Tod...?

War es schon so weit, dass sie an den Tod dachte.

»Oh Gott!« flüsterte sie und presste eine Hand auf den Mund. »So etwas darf ich nicht sagen.«

Laurie Ball verließ ihr Versteck. Von den drei Cops und ihrem Opfer war nichts mehr zu sehen. Dafür hörte sie Geräusche im Treppenhaus, falls man dieses baufällige Etwas als Treppenhaus bezeichnen konnte.

Vorsichtig verließ Laurie den Raum.

Die Treppe ahnte sie im Dunkeln mehr, als

dass sie sie sah. Behutsam setzte sie einen Fuß vor, erreichte die erste Stufe und schritt dann weiter.

Unten fiel eine Tür ins Schloss, und es klang wie ein Schuss.

Laurie bewegte sich dicht an der Mauer entlang. Es war wieder ruhig geworden, und der Reporterin fiel das Pfeifen der Ratten auf.

Scharf saugte sie die Luft durch die Nase. Obwohl sie kaum etwas sehen konnte, ging sie schneller.

Der Hinterhof war stockfinster - und menschenleer.

Laurie blieb für zwei Sekunden stehen und wandte sich dann nach links, der schmalen Einfahrt zu, die auf die Straße führte. Dort mussten die Horror-Cops auch ihr Fahrzeug geparkt haben.

Leichtfüßig lief Laurie durch die Einfahrt. Dicht vor deren Mündung blieb sie stehen.

Sie sah den Wagen.

Es war ein Patrol Car. Sogar mit Sirenen auf dem Dach. Die beiden Lampen wurden von einem querlaufenden Bügel gehalten.

Niemand war auf der Straße zu sehen. Es schien, als hätten die Bewohner gewusst, was auf sie zukommen würde. Allerdings lebte hier kaum noch ein Mensch. Und wenn, dann war es der Abschaum der Straße. Die hohen Hauserkästen sahen aus wie geometrische Ungeheuer. Nicht eine Scheibe war mehr heil, und die Fenstervierecke erinnerten die Reporterin an die leeren Augenhöhlen der Skelette in Uniform.

Die untoten Cops hatten die Türen des Autos schon aufgezogen. Einer setzte sich hinter das

Lenkrad, während die beiden anderen im Begriff waren, Hank Stone in den Fond zu zerren.

Noch hatten sie die Reporterin nicht gesehen. Da griff Laurie ein.

Sie schnellte aus ihrer Deckung, lief auf die >Polizisten< zu, überwand ihren Ekel und riss den Kerl, der die Beine des Gefangenen hielt, an der Schulter zurück.

Es war ein erstaunlich harter Griff, und das Skelett flog herum. Laurie sah in das grinsende Totengesicht und bekam Angst.

Ihre Hand rutschte ab, sie fühlte nicht mehr die Eiseskälte der Knochen, dafür erhielt sie einen Stoß, der sie zurück bis gegen eine überquellende Mülltonne trieb.

Scheppernd fiel der Deckel zu Boden.

Der Horror-Cop blickte Laurie nach. Seine fleischlosen Lippen verzogen sich zu einem breiten Grinsen, dann bückte er sich, hob die Beine wieder an und half seinem Kumpan dabei, Hank Stone in den Wagen zu hieven. Laurie konnte sich nicht rühren. Der Schlag hatte sie hart getroffen, und der Schmerz wühlte in ihrem Innern. Tränen schössen in ihre Augen, in den Knien glaubte sie Pudding zu haben, und langsam sackte sie nach vorn.

Auf dem Boden gestützt blieb sie hocken. Am Wagen aber knallten die Türen zu.

Laurie hob den Blick. Das Fahrzeug startete.

Reifen drehten durch, sangen quietschend über den Asphalt, und das letzte, was Laurie sah, waren die Skelettfratzen der Horror-Cops hinter den Scheiben.

Sie kamen ihr vor wie ein schauriger Gruß aus der Hölle...

Wie betäubt blieb die junge Reporterin an die Mülltonne gelehnt sitzen. Sie hatte sich nach hinten fallen lassen, atmete tief durch und hoffte, dass das Übelkeitsgefühl verschwand.

Schwer pumpte ihr Herz. Der Schlag hatte ihr schwer zu schaffen gemacht.

Aber die Zeit vertrieb den Schmerz, und auch das würgende Übelkeitsgefühl ging vorüber.

Laurie Ball stand auf.

Sie musste sich breitbeinig hinstellen, weil der Schwindel sie erfasste und es eine Weile dauerte, bis sie wieder einen klaren Gedanken fassen konnte.

Hilfe!

Sie brauchte Hilfe.

Aber wer würde ihr glauben? Wer nahm ihr ab, dass es in New York Polizisten gab, die mit Skelettschädeln herumliefen?

Unmöglich. Man würde sie auslachen, verhöhnen, verspotten. Selbst ihre eigenen Kollegen würden ihr nicht glauben.

Und doch blieb als einziger Ausweg nur der Gang zur Polizei. Laurie befand sich nicht weit vom Crotona Park entfernt, etwas südlich davon, im Stadtteil Morrisania. Dieses Gebiet verkam ebenso wie die anderen kleinen Stadtteile auch.

Abfall auf den Straßen und Gehwegen. Herausgerissenes Pflaster, mal ein rostiges Autowrack. Sonst herrschte eine beängstigende Stille. Keine flüsternden Stimmen, keine Mugger, die auf einen schnellen Raub aus waren - nichts.

Morrisania war tot.

Wussten die Menschen etwas – ahnten sie, dass hier das Grauen durch die leeren Straßen fuhr?

Laurie schaute sich um. Es ließ sich auch keine normale Polizeistreife blicken.

Alles war tot...

Gespenstisch anzusehen, ein Ruinenfeld, wie aus einem S.F.-Film. Beängstigend in der Atmosphäre und grausam im Detail.

Sie schritt durch die Straße, die nicht einmal einen Namen besaß. Sie passierte die abbruchreifen Häuser. Irgendwo nördlich schimmerten die Lichterketten zahlreicher Peitschenleuchten. Dort lief der Cross Bronx Expressway auf Stelzen entlang.

Eine andere Welt schon...

In den Abfallhaufen raschelte es. Ratten, die nach Nahrung suchten. Laurie musste wieder an ihren Kollegen denken. Was er wohl machte?

Vielleicht konnte man ihn noch retten, wenn sie früh genug bei der Polizei eintraf.

Ja, dort musste man ihr helfen. Die Cops würden eine Fahndung einleiten. Eine Beschreibung des Patrol Cars konnte sie ja durchgeben. Dann gab es vielleicht noch einen Hoffnungsschimmer.

Sie lief schneller, passierte eine Telefonzelle.

Dort fehlten nicht nur die Scheiben, sondern auch der Hörer. Und das Gehäuse war zerstört worden.

Vor Wut und Ohnmacht stapfte sie mit dem Fuß auf. Aber so sah es überall in der South Bronx aus.

Eine Querstraße.

Laurie schaute nach links.

Weiter entfernt brannte ein einsames Licht. Eine Laterne. Ein Anachronismus in diesem Stadtteil.

Schattenhaft bewegten sich Gestalten unter der Lichtinsel.

Rasch ging die Reporterin weiter. Sie wollte erst gar nicht in Gefahr geraten, von den anderen entdeckt zu werden.

Irgendwo musste auch das nächste Revier sein.

Sie fand es nach einer Viertelstunde Fußweg. Zwei Polizeiwagen standen vor dem einstöckigen Backsteingebäude. Die Fenster des Polizeipostens waren durch eiserne Rollos geschützt.

In dieser Gegend, in der der Bandenterror allgegenwärtig war, sollten die Gesetzeshüter für Sicherheit garantieren.

Zur Tür führten vier Stufen hoch.

Im Mauerwerk fand Laurie Ball eine Klingel. Sie drückte den metallenen Knopf. Wenig später ertönte aus den sich unter der Klingel befindlichen Lautsprecherrillen eine fragende Stimme: »Ja bitte?«

»Mein Name ist Laurie Ball. Ich – ich muss mit Ihnen reden. Bitte, öffnen Sie.«

»Moment.«

Die Tür wurde aufgedrückt. Laurie betrat einen schmalen Flur, in dem eine lange, grün gestrichene Holzbank stand. An der Decke brannten kalte Leuchtstoffröhren. Die Wände des Gangs waren grün gestrichen. Eine Tür führte in den eigentlichen Revierraum.

Er sah noch kahler aus. Die Wände waren gefliest. Sie schimmerten gelb. Hinter einer langen Barriere saßen vier Polizisten. An der rechten Wand führten mehrere Türen in die Nebenräume. Links gab es einen stabilen Drahtkäfig. Dort wurden die Gefangenen untergebracht. Die Flagge der

Vereinigten Staaten hing traurig nach unten. Schmutz hatte sich auf den Stoff gesetzt.

Drei Weiße und ein Farbiger schauten Laurie an.

Dann erhob sich der Älteste der Weißen. Ein Sergeant mit dicken Tränensäcken unter den Augen, aber Muskelpakete, die sich sehen lassen konnten.

»Sie wünschen, Madam?«

Laurie war dicht vor der Barriere stehengeblieben. Jetzt stützte sie ihre Hände auf das abgeschabte Holz.

»Ich bin Zeuge einer Entführung geworden.«

»So?« In den Augen des Cops glomm nicht einmal Interesse auf. In der South Bronx war man viel gewohnt. »Wer ist denn entführt worden?«

»Ein Kollege von mit!«

»Und was sind Sie?«

»Reporterin. Ich...«

»Aha.«

Laurie regte sich über die Teilnahmslosigkeit der Männer schrecklich auf.

»Was heißt hier aha. Es geht um Tod oder Leben. Sie müssen etwas tun, denn mein Kollege ist von Cops entführt worden.«

»Das glauben Sie doch selbst nicht.«

»Doch, Sergeant. Und diese Cops waren keine Menschen, sondern Gerippe.«

Jetzt fing der Sergeant an zu lachen. Bis auf den Schwarzen stimmten die anderen in das Gelächter mit ein.

Laurie schaute die Männer an. In ihren Augen blitzte es. Sie kam sich plötzlich furchtbar angeschmiert vor.

»Wollen Sie mir zuhören oder nicht!« schrie

sie und war den Tränen nahe.

Das Gelächter verstummte.

»Okay, Lady«, sagte der Sergeant und beugte sich vor. Laurie roch seinen säuerlichen Atem. »Was haben Sie gesehen? Die Nacht ist ruhig wie lange nicht mehr. So etwas sind wir nicht gewohnt, deshalb freuen wir uns so. Verständlich - oder?«

»Vielleicht. Aber während Sie hier herumsitzen, ist mein Kollege von drei Skeletten entführt worden. Von lebenden Skeletten, die Polizeiuniformen trugen und aus einem Patrol Car gestiegen sind. Begreifen Sie das?«

»Ja.«

»Und?«

»Nichts und. Sie sind nicht die erste, die uns mit diesen komischen Skeletten belästigt.«

Laurie holte tief Luft. »Dann glauben Sie mir also nicht?«

»Nein.«

»Sie sind aber verpflichtet, meine

Aussage aufzunehmen, das heißt, zu protokollieren.«

»Bitte.« Der Sergeant deutete auf einen hinter der Barriere stehenden Stuhl mit einem grünen Filzsitz. »Nehmen Sie Platz. Ray Onedin wird Ihre Aussage aufnehmen.«

Corporal Onedin war der Schwarze. Er lächelte und zeigte dabei ein blendendweißes Gebiss.

Der Sergeant hob einen Balken hoch, so dass Laurie hinter die Barriere gehen konnte. »Und eine Fahndung lassen Sie nicht anlaufen?« fragte sie.

»Nein.«

»Dann glauben Sie mir nicht?«

Der hartgesottene Bronx-Sergeant schob seinen Kaugummi in den anderen Mundwinkel und grinste.

Diese »Antwort« reichte Laurie. Sie überlegte sogar, ob sie wirklich ein Protokoll aufsetzen sollte, entschied sich aber dafür, dass sie später etwas in der Hand haben wollte.

Corporal Onedin nahm vor seiner alten Schreibmaschine Platz. Der Tisch stand im rechten Winkel zu Laurie Ball.

Sie machte Angaben zu ihrer Person und berichtete.

Onedin nahm alles auf. In seinem Gesicht regte sich kein Muskel. Die anderen Cops hörten zu.

Es war unheimlich ruhig auf dem Revier. Normalerweise war sonst die Hölle los, aber in dieser Nacht passierte rein gar nichts. Als würde die South Bronx schlafen.

Hin und wieder rasselte das Telefon. Fahndungsmeldungen, die notiert wurden. Mehr nicht.

Der Bericht zog sich über drei Seiten hin. Als Laurie fertig war, lächelte der Korporal, zog das Blatt aus der Maschine und legte es der Reporterin samt Kopie zur Unterschrift hin.

Laurie las das Protokoll durch und zeichnete ab.

Der Sergeant erhob sich ächzend von seinem Stuhl. »Wir werden der Sache nachgehen«, meinte er lahm. Es war mehr eine Alibi-Antwort.

»Das brauchen Sie gar nicht«, erwiderte Laurie spitz.

»So?«

»Ich danke Ihnen für Ihre Mühe.« Die Reporterin lächelte krampfhaft. Sie hatte auf die Frage des

Polizisten keine Antwort gegeben, nahm ihre Handtasche und ging zur Tür.

»Moment noch«, sagte der Sergeant. An der Tür drehte sich Laurie um.

»Haben Sie einen Wagen?«

»Nein, ich bin mit dem Taxi gekommen.«

Der Sergeant dachte nach und legte seine Stirn in Falten. »Die Gegend ist gefährlich. Corporal Onedin wird Sie nach Hause fahren.«

Laurie lächelte spöttisch. »Auf einmal diese Ritterlichkeit, Sergeant?«

»Man weiß ja, was man den Bürgern schuldig ist.«

Onedin trat an Laurie vorbei. Er hielt ihr die Tür auf, und die Reporterin verschwand.

Sie nahmen den ersten Streifenwagen. Noch immer war es ruhig. Keine Straßenbanden fochten ihren Krieg aus, keine Schreie, keine Schüsse, keine heulenden Polizeisirenen.

Glatt und dunkel spannte sich der Himmel über New York. Es funkelten zahlreiche Sterne. Ein warmer Tag war zu Ende gegangen, normalerweise hätten die Gefühle der Menschen in dieser Nacht überschwappen müssen, wie es sonst nach heißen Augusttagen war. Aber hier tat sich nichts.

Da stimmte etwas nicht.

Und das sagte Laurie ihrem Begleiter auch.

Der Corporal schloss die Beifahrertür auf und hob die Schultern. »Ja, es ist seltsam«, gab er zu.

Er stieg an der anderen Seite zu.

Laurie steckte sich eine Zigarette zwischen die Lippen und zündete sie an. Ihr Blick fiel auf das Funkgerät des Wagens. »Alles tot«, sagte sie.

»Schlafen in New York die Gangster?«

»Seien Sie froh.« Der Corporal ließ den Motor an. Der Auspuff knatterte, das Geräusch brach sich an den kahlen Hausfassaden. Dann fuhr der Wagen ab.

Schweigend saß Laurie auf dem Beifahrersitz. Sie schaute dem Rauch nach, der von der Lüftung zerteilt wurde.

»Wo wohnen Sie?« fragte der Corporal nach einer Weile. Laurie Ball gab ihre Adresse an.

»Das ist unten in Manhattan«, meinte der Farbige.

»Ja.«

Onedin fuhr langsam. Vor einer Kreuzung stoppte er. Ein Ampelmast hing schief. Er stand über der Fahrbahn wie das Oberteil eines Galgens. Sie fuhren weiter in Richtung Süden.

Nach einer Weile fragte die Reporterin. »Glauben Sie mir denn, Mister?« Der Corporal verzog das Gesicht. »Es spielt doch keine Rolle, was ich glaube oder nicht.«

»Für mich schon.«

»Haben Sie mal eine Zigarette?«

»Sicher.« Er bekam das Stäbchen.

Onedin ließ die qualmende Zigarette zwischen den Lippen, während er lenkte.

»Ja, ich glaube Ihnen.«

»Und warum?«

»Etwas ist geschehen, was wir alle nicht begreifen können«, sagte er.

»Diese Nacht ist anders als die anderen. Keine Unruhen, keine Verbrechen, keine Schlägereien - alles ist wie tot. Oder ruhig. Aber zu ruhig. Denn im Hintergrund lauert die Gefahr. Ich weiß nicht, welche, aber diese Nacht kann der Beginn der Todeszeit sein, von der oft gesprochen wurde.«

»Wer sprach davon?«

»Mein Vater, Lady. Er war ein einfacher Mensch. Wir kommen aus dem Süden, aus Louisiana, und der Vater meines Vaters hat noch als Sklave auf den Plantagen gearbeitet. Baumwolle. Eine elende Schufterei, aber die alten Geschichten und Sagen sind nicht vergessen worden. Die Leute haben sie sich untereinander weitererzählt. Die Todeszeit wird dann kommen, so heißt es, wenn niemand damit rechnet. Wenn die Menschen nicht mehr menschlich sind und nur noch an ihren eigenen Vorteil denken. Überlegen Sie, Lady, ist dieser Zeitpunkt nicht erreicht? Denken die Menschen noch an den anderen, an den Nachbarn, an den Freund? Lebt denn nicht jeder für sich?«

»Das stimmt – nur...«

Die Reporterin sprach nicht mehr weiter. Sie befanden sich in Höhe der 149sten Straße.

Und plötzlich ging der Trubel los.

Von einem Augenblick an war alles anders. Hinter der nächsten Kreuzung flimmerten Lichter, waren Menschen auf der Straße, spien die obskuren Bars ihre Leuchtreklamen aus.

Sie befanden sich im Puerto-Ricaner-Viertel und hatten die Bronx hinter sich gelassen.

Laurie kam es vor, als wären sie in einer anderen Welt.

»Verstehen Sie das?« fragte sie den Corporal.

»Nein. Aber die Todeszeit" fängt klein an.«

»Können Sie mir nicht mehr darüber erzählen?«

Onedin schüttelte den Kopf. »Haben Sie sonst

noch einen Wunsch?« fragte er.

»Ja, fahren Sie mich bitte auf dem allerschnellsten Weg nach Hause. Ich kann nicht mehr.«

»Ist okay, Lady.« Er warf der Reporterin einen schnellen Blick zu. »Soll ich die Sirene anstellen?«

»Nein, außerdem dürfen Sie das nicht.«

»Sie kennen sich gut aus.«

»Zwangsläufig.«

»Dann haben Sie schon öfter mit der Polizei zu tun gehabt?«

»Nicht mit Ihren Horror-Kollegen.«

»Vergessen Sie die«, sagte Ray Onedin. »Sie existieren nicht. Sie haben geträumt.«

»Nein, ich habe nicht geträumt. Und es ist noch gar nicht so lange her, da hat es hier in Manhattan Vampire gegeben. Da ist sogar ein Hochhaus verschwunden, wenn Sie sich vielleicht an den Fall erinnern.«

»Nein, da hatte ich wohl Urlaub. Aber wenn Sie es sagen, Lady.«

»Warum nennen Sie mich immer Lady.«

Onedin lächelte und zeigte wieder seine weißen Zähne. »Lady sage ich zu jeder schönen Frau.«

»Danke für das Kompliment.«

»Bitte sehr. Wir sind da.« Ray Onedin stoppte den Wagen vor Lauries Haus.

Sie stieg aus, ging um das Fahrzeug herum und trat an die Fahrerseite.

»Ich danke Ihnen, Corporal.«

Onedin winkte ab. »Danken Sie nicht mir, sondern dem Sergeant, der mir den Auftrag gegeben hat. Aber ich mag Sie, Lady. Wir sollten uns mal treffen, vielleicht kann ich Ihnen noch einiges sagen, wenn ich mit meinem Vater gesprochen habe.

Leider lebt mein Großvater nicht mehr. Ich gebe Ihnen meine Adresse. Augenblick.« Der Corporal holte sein Notizbuch

hervor und kritzelte etwas auf den weißen Zettel, bevor er ihn Abriss.

»Bitte, verlieren Sie ihn nicht.« Laurie Ball nickte. »Danke sehr.«

Dann betrat sie das Haus, in dem ihre Wohnung lag. Es war ein älteres Gebäude, aber noch sehr gut erhalten. Dafür sorgte schon die Vermieterin.

Laurie schloss ihre Wohnung im dritten Stock auf, betrat die großzügige, quadratische Diele und lehnte sieh mit dem Rücken an die Wand. Nur langsam wich die Spannung von ihr, und die Müdigkeit breitete sich aus. Sie hätte auf der Stelle einschlafen können, doch das durfte sie auf keinen Fall. Sie hatte noch etwas vor.

Laurie betrat den gemütlich eingerichteten Living Room.

Die moderne Technik machte es möglich, dass sie sowohl nach Chicago als auch nach Europa durchwählen konnte.

Laurie Ball schaute auf ihre Uhr. Mitternacht war schon durch. Sie rechnete kurz nach.

Sechs Stunden dazu, das müsste reichen. Der Mann, den sie anrufen wollte, war bestimmt kein Langschläfer. Zudem musste er sowieso ins Büro.

Als sie die lange Nummer aus ihrem Buch suchte, hoffte Laurie, dass der Mann zu Hause war.

Es war niemand anderer als Oberinspektor John Sinclair!

Ich zuckte zusammen, als ich das klatschende Geräusch hörte. Blitzschnell hob ich den rechten Arm und führte die Beretta in einen Halbkreis.

Nichts.

Es war nur eine fette Ratte, die ins Wasser gesprungen war. Ich atmete auf.

Suko grinste mich an und hob die Schultern. Verflixt, ich war nervös. Die ganze

Nacht hatten Suko und ich uns um die Ohren geschlagen, um im Morgengrauen der endgültig letzten Spur nachzugehen.

Es ging um Grimes, den Ghoul.

Scotland Yard hatte sich dazu entschlossen, eine Großfahndung anlaufen zu lassen. Nach meinen Beschreibungen war ein Konterfei dieses Dämons angefertigt worden. Das Bild ging durch die Presse und flimmerte auch über die Schirme der Fernsehapparate. Sir Powell und ich sahen in Grimes eine große Gefahr. Wenn dieser Ghoul weiterhin in London herumlief, konnte er viel Unheil anrichten, und ich war davon überzeugt, dass er wieder eine neue Teufelei plante.

Noch jetzt könnte ich mich dafür in den Hintern beißen, dass mir Grimes entkommen war. Wir waren in das Spukhaus an der Themse eingedrungen, und in dem allgemeinen Durcheinander war es Grimes gelungen zu verschwinden.

Natürlich verfolgte ich ihn, aber der Ghoul hatte einen Verbündeten. Den Londoner Nebel. Er deckte alles zu. Auch die Flucht des Ghouls. Suko und ich waren die Gelackmeierten.

Wie schon gesagt, für mich stellte dieser Grimes eine ungeheure Gefahr dar, und ich wollte ihn fassen. Mit Hilfe der Öffentlichkeit und der modernen Medien.

Drei Tage und Nächte jagten Suko und ich hinter diesem Phantom her. Der Erfolg war gleich

Null. Mein Bett hatte ich kaum gesehen, und in diesen Morgenstunden wollten wir einer letzten Spur nachgehen.

Wir hatten Schrottplätze, alte, abbruchreife Häuser durchkämmt, waren in die Kanalisation vorgedrungen, hatten die finstersten Ecken von Soho durchsucht, waren auf Gangsterbanden gestoßen, hatten um unser Leben kämpfen müssen, doch von Grimes keine Spur.

Nun ein neuer Tipp.

Grimes war im Hafen gesehen worden.

Und zwar in der Nähe eines Themsearms. Hier lagen abgewrackte Schiffe, Kähne, die nur noch vom Rost zusammengehalten wurden und Brutstätten für Vögel waren.

Hier sollte Grimes hocken.

Der Informant hatte auch das Schiff angegeben. Einen Kahn namens >Emily<.

Wir hatten das Schiff gefunden. Es war ein alter Containerkahn. Taue verbanden ihn mit den dicken Pollern am Ufer. Hin und wieder flogen Möwen auf und verschwanden im Grau des Morgennebels.

Ja, es war wieder neblig.

Über dem Wasser lag fast immer Dunst, der sich gegen Morgen und Abend verdichtete.

Es war frisch. Ich fröstelte. Vom Tau des Morgens glänzten unsere Lederjacken nass.

Wir hatten den Kahn etwa eine Viertelstunde beobachtet, doch nichts Verdächtiges bemerkt. Nur Wasserratten, die ihre fetten Körper in die Fluten warfen.

Ein Buschgürtel schützte uns. Er wuchs an der leicht schräg verlaufenden Uferböschung. Wir konnten also vom Ufer direkt auf den Kahn springen.

Suko war dafür. »Sollen wir?«

Ich wischte mir über die Augen. Sie brannten. Ich hatte zu wenig Schlaf bekommen.

»Wird uns wohl nichts anderes übrigbleiben.«

Meine Stimme klang nicht gerade begeistert, und Suko lachte leise.

»Was ist mit dir, John?«

»Keine Lust mehr.«

»Los, gib dir einen Ruck.«

»Das versuche ich schon die ganze Zeit.« Ich bog die Zweige vor mir auseinander und wühlte mich mit schussbereiter Waffe durch das Buschwerk.

Suko ging parallel. Dann kam die Böschung.

Schräg rutschten wir über das vom Morgentau nasse Gras. An einem der einbetonierten Poller stützte ich mich für wenige Sekunden ab und schaute mich um.

Niemand beobachtete uns. Wir waren allein auf weiter Flur. Blickte ich nach links, sah ich die Einmündung des Seitenarms in die Themse. Dort hatte sich der Morgendunst als Nebel verdichtet, während wir noch ziemlich klare Sicht besaßen.

Suko war schon an der Reling und sprang mit einem Satz auf das Schiff. Er wartete auf mich.

Zwei Sekunden später stand ich neben ihm auf den halbmorschen Planken, bei denen man Angst haben musste, dass sie einbrachen.

»Wohin?« fragte der Chinese.

Mit dem Daumen deutete ich zum Bug. Suko nickte.

Ich ging vor. Der Morgentau hatte die Planken

angefeuchtet und glitschig gemacht. Es war mehr ein Balancieren als ein Gehen.

Wir erreichten das Steuerhaus.

Die Tür stand offen, die Scheibe war zerschlagen.

Suko schlug eine Trennung vor, und ich war einverstanden. Während ich Steuerhaus und Kajüte durchsuchen wollte, suchte Suko den Niedergang, der in den Bauch des Schiffes führte.

Der Chinese Schritt in Richtung

Heck. Mit schussbereiter Waffe schlich er an der Backbordseite entlang. Ich betrat das Steuerhaus.

Der Zahn der Zeit hatte auch hier seine Spuren hinterlassen. Kaum etwas war heil. Die breiten Scheiben waren ebenso zersplittert wie die Holzrahmen, in denen sie hingen. Der Anstrich lag als bröckeliger Lack auf dem Boden, das Ruder hing schief in der Verankerung. Doch nirgendwo sah ich eine Spur von Leben. Nur ein paar rostige Konservendosen lagen auf dem Boden.

Ich drehte mich nach links und sah eine Holzstiege, die in einen etwas tiefer liegenden Raum führte. Wahrscheinlich beherbergte er die Schlafstellen, aber auf jeden Fall waren die Kojen von hier oben nicht einzusehen.

Aber ich roch etwas. Moder...

Sofort stand ich unter >Strom<.

Lauerte der Ghoul hier irgendwo im ungewissen Dämmerlicht der Koje?

War Grimes tatsächlich an Bord?

Mit der linken Hand holte ich die Kugelschreiberlampe hervor und schaltete sie ein.

Der dünne Strahl stach durch die Kajüte. Ich drehte die Hand, sah vier Kojen. Zwei von ihnen befanden sich jeweils übereinander. Die anderen beiden sah ich gegenüber an der Steuerbordseite.

Ich nahm die ersten beiden Stufen. Die Stille zerrte an meinen Nerven. Dann stand ich in der Kajüte.

Unwillkürlich hielt ich die Luft an, da sich der Modergeruch verstärkt hatte.

Aber in den Kojen lag niemand. Der Lampenstrahl geisterte über zerschlissene Matratzen, aus denen die Graswolle kroch. Die Türen eines Einbauschranks standen offen. Die rechte hing nur noch an einer Angel.

Der Schrank war leer.

Wo befand sich der Ghoul? Dass er hier war, roch ich. Meine Nackenhärchen stellten sich quer. Es gab eigentlich nur eine Möglichkeit, wo ich ihn finden konnte.

Unter den Kojen.

Und da leuchtete ich hin.

Ich hatte Staub aufgewirbelt. Die feinen Partikel tanzten im Schein der Lampe, und als ich mich jetzt bückte, um genauer nachzuschauen, griff der widerliche Dämon an.

Er war nicht schnell, langsam sogar, aber es war eine Attacke, und ich musste mich wehren.

Ein schleimiges Etwas kroch unter der Koje weg. Wie eine Schlange ringelte sich ein grünlich schimmernder Arm vor und versuchte, nach meinem Fuß zu greifen.

Ich sprang hastig zurück. Der Arm klatschte daneben.

Dann kam der Ghoul ganz hervor.

Ich verzog das Gesicht und hielt unwillkürlich den Atem an. Die quallige, schleimige Figur stellte sich hoch, sie bäumte sich förmlich auf, und ich glaubte, die Umrisse einer Frau zu erkennen. Alles war in Bewegung. Der grünlich schillernde Schleim lief durcheinander, quoll zusammen, rann wieder auseinander, bildete Schlieren und sonderte eine nach Moder riechende Flüssigkeit ab.

Und der Ghoul kam auf mich zu.

Undeutlich sah ich ein Augenpaar in seinem Gesicht, eine Nase, ein Loch darunter, das wohl der Mund sein sollte.

Ich hob die Waffe und schritt dabei bis zur Treppe zurück.

»Bleib stehen!«

Der Ghoul stieß ein schmatzendes Geräusch aus und platschte weiter vor. Ich zielte zwischen seine Augen.

»Die Waffe ist mit Silberkugeln geladen«, erklärte ich. »Du hast also keine Chance!«

Der Ghoul blieb stehen.

Ich hoffte, einen Teilsieg errungen zu haben, und ich hoffte weiter, dass mir der Ghoul sagen konnte, wo ich Mr. Grimes fand. Denn dass er bereits neue Opfer gefunden hatte, bekam ich hier mit eigenen Augen zu sehen.

Grimes hatte also nicht aufgegeben.

Und der Spitzel, von dem ich nicht einmal den Namen wusste, hatte recht behalten.

Hier fand ich die Ghouls.

Oder vielmehr den Ghoul. Und er sollte nicht nur, er musste mir Auskunft geben, wie ich an Grimes herankommen konnte.

»Wo steckt Grimes?« fragte ich scharf.

Irgendwo aus der Gesichtsmasse drang ein undefinierbares Gurgeln, eine Antwort bekam ich nicht.

Ich schoss.

Die silberne Kugel jaulte dicht am Schädel des Leichenfressers vorbei und klatschte in das morsche Wandholz des Steuerhauses.

Der Ghoul zuckte zurück.

»Die nächste Kugel sitzt zwischen deinen Augen!« drohte ich dem Dämon. »Es sei denn, du redest!«

Der Ghoul zuckte und bewegte sich. Seine schleimigen Massen begannen zu quirlen. Schlieren bildeten sich, und ich sah durch sein Gewebe die Adern leuchten, die mit hellrotem Blut gefüllt waren.

Ich hatte ihn geschockt, und das wollte ich auch.

Ein dumpfes Gurgeln drang aus der Mundöffnung des widerlichen Dämons. Für mich ein Zeichen, dass er sprechen wollte. Und er tat es auch. Ich verstand nur Wortfetzen, konnte mir aber ein relativ genaues Bild machen.

»Grimes – weg. Er hat mich zum

Ghoul gemacht. Warten – auf ihn. Hier am Schiff...«

»Wann kommt er wieder?«

»Weiß nicht«, gurgelte der Ghoul. »Monat - Jahr... Woche. ...« Er verstummte, um gleich darauf laut loszulachen.

Es war ein geiferndes Gelächter, aber ich sah keinen Grund, warum dieses widerliche Wesen so lachte.

Oder?

Dann aber hatte ich das Gefühl, mitten in einem Grab zu stehen. In einem Grab angefüllt mit einem unheimlichen Modergeruch.

Im Klartext, der Gestank hatte sich verstärkt. Ich

drehte mich um – und sah den zweiten Ghoul!

Er stand am Ende der Treppe.

Massig, schleimig und breit. Er füllte die Tür völlig aus. Ich hörte sein Schmatzen, eine Art Vorfreude auf mich.

Da griff mich der erste an.

Ich bemerkte die Bewegung aus den Augenwinkeln, sprang etwas zur Seite und schoss aus der Drehung.

Die geweihte Silberkugel klatschte in die schleimige Masse, ungefähr dort, wo das Herz sitzt.

Der Ghoul stieß einen hohen, sirenenartig klingenden Laut aus, blieb auf dem Fleck stehen und brach dann zusammen. Das sah ich jedoch nicht mehr, da ich mich auf meinen zweiten Gegner konzentrieren musste.

Er ließ sich einfach fallen. Ich hechtete vor.

Mit vollem Gewicht krachte ich auf das untere Bett der rechten Koje. Das Gestell war alt, ebenso alt wie das Schiff. Es hielt mein Gewicht nicht und brach zusammen.

Ich kam nicht schnell genug von der Pritsche herunter und wurde mit begraben. Holzlatten splitterten unter mir weg, und die senkrecht stehenden Streben, die die Doppelkoje halten sollten, wurden ebenfalls in Mitleidenschaft gezogen. Eine brach weg.

Drei konnten das Gewicht nicht mehr tragen.

Sie krachten zusammen. Das obere Bett fiel auf mich, gerade als ich dabei war, mich wieder aus dem unteren Bett hervorzuholen. Es gelang mir nur noch, meinen Arm hochzureißen und anzuwinkeln, so dass ich mein Gesicht schützen konnte.

Dann begrub mich die stinkende Matratze.

Zu allem Unglück war ich zur rechten Seite gekippt, so dass ich meinen Waffenarm selbst unter mir eingeklemmt hatte. Ich bekam ihn nicht hervor, und drehen konnte ich mich auch nicht.

Verdammter Mist.

Hastig zog ich die Knie an, um die Matratze wegzustoßen, aber da war schon der glitschige Arm, des zweiten Monsters, der nach der Matratze griff und sie wegholte.

Wuchtig schleuderte er sie quer durch die Kajüte.

Neben dem Bett blieb der zweite Ghoul stehen. Sein Artgenosse war vergangen. Die Macht des Silbers hatte ihn buchstäblich von innen ausgetrocknet, und zurück war nur Asche geblieben.

Der Ghoul schmatzte. Und irgendwie klang es triumphierend. Er hatte mich, wollte mich packen, und ich kam nicht frei. Ich musste mich erst herumrollen, aber das war in dem zusammengebrochenen Bettkasten nicht möglich.

Wenn mich der Ghoul erwischte, geschah etwas, das ich wohl nicht zu erläutern brauche. Er würde mich töten und dann...

Schmatzend und geifernd stürzte er sich vor. Ich sah die schleimigen Arme dicht vor meinen Augen. In der nächsten Sekunde würden sie in mein Gesicht klatschen.

Ich hob die linke Hand, packte zu, fühlte die eklige, glitschige Masse, doch der Ghoul veränderte geschickt seine Gestalt, schrumpfte zusammen und tauchte mit dem Gesicht unter meinen zugreifenden Arm hinweg.

Da peitschte ein Schuss.

Es gab ein platschendes Geräusch, als die Kugel in die schleimige Masse eindrang.

Plötzlich verschwanden das Gesicht und die Hand vor meinen Augen. Der Ghoul taumelte zurück, fiel dann langsam zur Seite und klatschte zu Boden.

Suko aber stand mit schussbereiter Waffe auf der Treppe und grinste.

»Wenn dich so deine Fans sehen könnten«, meinte er.

»Ach, hör auf.«

»Soll ich dir helfen?« fragte Suko.

»Nein.« Ich wühlte mich aus dem zerstörten Bett und kam ächzend und schnaubend auf die Beine.

Dem zweiten Ghoul erging es nicht anders als dem ersten. Er trocknete von innen aus und verging.

Ich klopfte mir den Staub von der Kleidung und verließ die Kajüte. Draußen atmete ich tief die kühle Morgenluft ein. Nach all dem Modergestank eine Wohltat.

Eine blasse Sonne stand am Himmel und dampfte bereits die ersten Dunstschwaden weg.

Wir ließen unsere Waffen verschwinden.

»Das waren wohl die einzigen Ghouls auf dem Schiff«, meinte Suko.

»Der Tipp war richtig.«

Ich nickte. »Nur haben wir Grimes nicht. Außerdem hätte ich gern gewusst, wer uns diesen Hinweis gegeben hat.«

»Ist das nicht egal?«

»Nein, das Ganze konnte auch eine Falle sein.«

Suko runzelte die Stirn. »Du hast doch die Ghouls erledigt.«

»Ja. Ebenso hätte es umgekehrt sein können.«

Der Chinese tippte mir gegen die Brust. »Welche Gedanken wälzt du, John?«

»Ich frage mich, ob es nicht Grimes persönlich gewesen ist, der uns angerufen hat.«

»Wie kommst du darauf?«

Ich lächelte sparsam. »Ganz einfach. Bevor ich mit den Ghouls kämpfte, habe ich mit einem von ihnen gesprochen. Und der sagte mir, dass Grimes sie zu Dämonen gemacht hätte. Was er mit ihnen nun vorhatte, hat er mir nicht erzählt. Sie wussten also nicht Bescheid, sondern hockten nur auf dem Schiff.«

»Ist das so ungewöhnlich?«

»Meines Erachtens schon. Sonst brüsten sich die Kameraden immer mit ihren scheußlichen Taten, aber hier wusste niemand Bescheid.«

Suko winkte ab. »Ist auch egal. Wir haben zwei Dämonen ausgeschaltet. Das ist schon etwas.«

»Aber Grimes ist entkommen.«

»Er läuft dir irgendwann wieder über den Weg«, meinte mein chinesischer Freund.

»Ein schwacher Trost.«

»Besser als keiner.« Suko wandte sich nach steuerbord, um vom Schiff zu klettern. Ich war noch einen Blick zurück. Im Nachhinein lief mir eine Gänsehaut über den Rücken. Es war mal wieder verteufelt knapp gewesen.

Als Pessimist musste ich sagen, dass ich in der letzten Zeit zu viele Niederlagen eingesteckt hatte. Als Optimist konnte ich behaupten, Teilsiege errungen zu haben.

Ich fühlte mich als Optimist, und Suko hatte recht, wenn er meinte, dass mir Grimes irgendwann wieder über den Weg laufen würde.

Der Chinese stand bereits am Ufer und winkte. Er hatte es eilig, sein Frühstück wartete. Meins auch.

Ich näherte mich dem Rand des Kahns und brauchte nur noch einen Schritt zu machen, als es passierte.

Das Geschehen bekam ich wie im Zeitlupentempo mit.

Plötzlich platzte das Heck des alten Kahn auseinander wie eine überreife Frucht. Dann erst erfolgte die Detonation, und das Chaos brach los.

Planken, Schiffsteile, Holzstücke, Streben wirbelten raketengleich über das Boot. Und mit ihnen zusammen stach eine gewaltige Flammensäule in den Morgenhimmel. Instinktiv hechtete ich in Deckung.

Etwas wischte über meinen Kopf hinweg, den ich schützend in beide Arme gelegt hatte, dann vernahm ich ein hohles Pfeifen, und im nächsten Augenblick bekam mich die Druckwelle zu packen.

Es war mörderisch.

Ich flog quer über den alten Kahn, etwas rammte mit ungeheurer Wucht meinen Rücken, ich fiel wieder zurück auf das Deck, wurde angehoben und weitergeschleudert.

Ich wusste nicht, wo oben nach unten war, die Welt drehte sich wie ein mörderischer Kreisel, die Flammensäule blendete mich, und dann segelte ich über die Reling.

Dahinter lag das Wasser.

Es gelang mir nicht, mich zu strecken, unterwegs traf mich noch etwas am Kopf, und dann gingen bei mir sämtliche Lichter aus.

Mein letzter Gedanke galt dem Anruf des Spitzels. Jetzt hatte er mich doch noch gepackt...

Auch Suko blieb von der Druckwelle nicht verschont.

Doch er hatte einen Vorteil. Er befand sich weiter vom Schiff weg als ich. Ihn trafen keine Teile, er wurde nur angehoben und zurückgeworfen.

Der Buschgürtel hielt ihn auf.

Mit vollem Gewicht klatschte der Chinese in die Zweige. Er fluchte und machte sich wieder frei.

Dann schaute er das Schiff an.

Der Kahn brannte. Die Feuersäule, die der Explosion folgte, war zwar ineinander gefallen, aber die glühenden Zungen leckten nun über das morsche Holz.

Suko, noch taub in den Ohren, schüttelte den Kopf und suchte mich. Er hielt sich gar nicht lange auf, sondern rannte zum Ufer.

Schockartig traf ihn die Hitze. Dagegen half Abkühlung.

Im Kopfsprung hechtete mein Freund in die graugrüne, schmutzige Brühe.

Und tauchte mit weit ausholenden Schwimmbewegungen dem schlammigen Grund entgegen...

Lange war ich nicht bewusstlos. Vielleicht hatte mich die Kälte des Wassers auch wieder geweckt. Noch halb ohnmächtig machte ich Schwimmbewegungen, war jedoch zu kraftlos, um an die Oberfläche zu gelangen. Zusätzlich hatten sich meine Kleider noch vollgesaugt, und ihr Gewicht hinderte mich beim Schwimmen.

Instinktiv hielt ich den Mund geschlossen, so schluckte ich kein Wasser. Aber der Luftmangel war schlimm.

Unter der Wasseroberfläche trieb ich dahin wie ein alter Holzbalken der Emily.

Jeder Mensch hat Reserven. Und auch einen Überlebenswillen. Ich mobilisierte – immer dicht am Rande einer erneuten Bewusstlosigkeit – sämtliche Kräfte, kämpfte gegen das drohende Dunkel der Ohnmacht an und versuchte, an die Oberfläche zu gelangen.

Ich schaffte es.

Plötzlich durchstieß mein Kopf die Wasseroberfläche. Hastig schnappte ich nach Luft, riss auch die Augen auf, schloss sie jedoch geblendet wieder. Zu grell war der Widerschein des brennenden Wracks.

Dann sackte ich ab.

Bevor ich ganz eintauchte, glaubte ich, dass jemand meinen Namen geschrien hätte, es konnte jedoch eine Täuschung sein.

Sie war es nicht.

Ich befand mich kaum unter der Wasseroberfläche, als Suko herabschoss, tauchte und mich unterpackte.

So rasch es ging, hievte er mich hoch. Unsere Köpfe durchstießen die Brühe. Luft! Herrliche Luft.

Sukos Stimme war dicht an meinem Ohr. »Lasse dich nicht hängen. Bis zum Ufer sind es nur ein paar Yards.«

Er unterstützte mich beim Schwimmen. Gemeinsam schafften wir es. Vor einer Leiter stoppten wir unsere Schwimmbewegungen, und ich kletterte zuerst die Sprossen hoch.

Suko stützte mich noch, dann folgte er mir.

Tropfnass ließ ich mich zu Boden fallen. Ich spie Wasser, keuchte und spuckte. Hin und wieder wallten rote Nebel vor meinen Augen auf, bis ich bemerkte, dass es kein Nebel, sondern Blut war, das aus einer Wunde an der Stirn sickerte.

Dort hatte mich irgendein Teil getroffen.

Suko hockte neben mir. »Verdammt, John, du hast doch recht gehabt. Dieser Anrufer hat uns eine Falle gestellt!«

»Glaubst du jetzt, dass es Grimes war. Er sagt sich, doppelt genäht hält besser. Nachdem die Ghouls nichts erreichten, zündete er die Bombe. Wahrscheinlich hat er uns beobachtet.«

Als Bestätigung meiner Worte hörten wir oben vom Uferdamm her das Geräusch eines fahrenden Wagens.

»Shit!« zischte Suko, »das war er bestimmt.«

Ich war zu schwach, um eine Verfolgung aufzunehmen. Außerdem stand der Bentley nicht gerade in der Nähe. Wir mussten über hundert Yards laufen.

Die Explosion war nicht ungehört geblieben. Von der Themsemündung her raste mit schäumender Bugwelle ein Patrouillenboot der River Police heran. Ihm folgte ein Löschboot.

Der erste Kahn ging längsseits, während auf dem Löschboot alle Vorbereitungen getroffen wurden. Schon bald spritzten hohe Schaumfontänen in die letzten Flammen und erstickten sie.

Das Wrack aber sackte ab. Mit dem Heck zuerst verschwand es in der Tiefe. Gurgelnd lief das Wasser über dem Kahn zusammen, bildete Strudel und warf dicke Blasen.

Ich stand auf und winkte.

Als die Emily sank, rissen auch die Taue. Dann schauten nur noch die Aufbauten des Kahns aus dem Wasser.

Man hatte mich auf dem Boot der Wasserpolizei bemerkt. Das schnittige Schiff legte unweit der Stelle an, wo das andere Boot gesunken war. Zwei Männer sprangen an Land. Sie trugen die blauen Uniformen der Wasserpolizei.

Einer war ein Lieutenant.

Ich zeigte ihm meinen Ausweis und gab eine kurze Erklärung ab. Dann bekamen wir Decken, in die wir uns einwickeln konnten.

Und einen kräftigen Schluck.

Die Decken wärmten von außen, der Scotch von innen. Sogar Suko trank einen.

Die Kollegen wollten uns mitnehmen, doch wir winkten ab. Der Bentley stand fahrbereit, außerdem kam die Sonne durch, es wurde warm, und die Kleidung trocknete schnell.

»Na, dann sehen Sie mal zu, dass Sie keine Lungenentzündung bekommen«, sagte der Lieutenant, als wir uns aus den Decken wickelten.

Ich winkte ab. »Unkraut vergeht nicht.«

Es war in der Tat warm geworden. Der August schien uns doch noch einige schöne Tage bescheren zu wollen, wenn auch der Wetterbericht anders gesprochen hatte.

Aber auf wen kann man sich heute schon verlassen?

Ich war jetzt misstrauisch geworden und untersuchte den Bentley genau. Meine Vorsicht war unbegründet. Niemand hatte mir eine Bombe in den Motorraum oder unter den Wagen installiert. Wir konnten beruhigt starten.

Zum Büro fuhr ich nicht, sondern auf direktem Wege nach Hause. Dort wollten wir uns erst einmal umziehen.

In meiner Wohnung griff ich sofort zum Telefonhörer und rief meinen Vorgesetzten, Superintendent Powell, an.

Er war in einer Konferenz, die noch andauerte. Ziemlich früh, wie ich fand. Dann fiel mir ein, dass eine Besuchergruppe aus Australien eingetroffen war, und Sir Powell hatte zur Begrüßung am Flughafen erscheinen müssen.

Ich konnte in Ruhe frühstücken.

Allerdings bei Suko. Shao, seine Flamme, hatte für ein kräftiges Essen gesorgt.

Sogar europäisch, denn sie hatte sich inzwischen an diese Küche gewöhnt.

Es gab Schinken, Speck, Toast und Butter.

Shao bediente uns. Sie war eine Augenweide in ihrem schillernden Hausanzug. Sie trug gern diese Kleidung. Diesmal hatte sie einen aus blauer Seide gewählt.

Suko meinte kauend. »Shao ist eine perfekte Köchin.« Er wandte sich direkt an die schwarzhaarige Chinesin. »Du könntest eigentlich mal ein chinesisches Essen für uns alle kochen.«

Shao lächelte.

»Warum nicht.«

»Dann laden wir Jane, Sheila und Bill und John ein.« Er lachte. »Die sollen Feuer spucken.«

Ich grinste mit vollem Mund. Eigentlich fühlte ich mich schon wieder recht wohl. Ich hatte zuvor geduscht, mich in andere Sachen geworfen und die Wunde auf der Stirn mit einem Pflaster verklebt. Nur noch etwas Schlaf fehlte mir.

Den wollte ich aber nachholen. Und zwar noch am gleichen Tag.

Nach dem Frühstück rauchte ich meine Verdauungszigarette und ging wieder in meine Wohnung.

Neben dem Telefon steht mein Anrufbeantworter. Ich schaltete ihn immer ein, wenn ich außer Haus bin. Auch vor unserem Einsatz hatte ich ihn in Betrieb gesetzt.

Jetzt ließ ich ihn ablaufen. Zuerst hörte ich nichts.

Dann aber eine Stimme, die sehr weit entfernt klang, wie das Organ eines Dämons.

Doch es war kein Dämon, sondern Laurie Ball, eine Reporterin, die ich in New York kennengelernt hatte.

Der Anruf dauerte fünf Minuten und musste eine Stange Geld gekostet haben. Laurie erklärte in einigen Sätzen, was sie gesehen hatte, und bat um Rückruf.

Ich holte tief Luft.

Die Vorwahl von New York suchte ich aus einem Buch. Dann tippte ich die Zahlen ein.

Knacken, Rauschen, erst einmal nichts, dann endlich ein Freizeichen und danach Lauries Stimme.

»Sinclair«, meldete ich mich. »Himmel, wo brennt es denn, Laurie?«

»Ein Glück, dass Sie anrufen, John. Hier ist etwas Schreckliches passiert. Sie müssen sofort nach New York kommen. Ich hatte Sie nicht erreicht...«

»Langsam, langsam«, dämpfte ich ihren Eifer. »Ist es wirklich so schlimm?«

»Noch schlimmer.«

Ich überlegte blitzschnell. Laurie log. nicht. Wenn sie anrief, saugte sie sich nichts aus den Fingern, dann war in der Tat etwas geschehen.

»Und Captain Hamilton?« fragte ich. »Haben Sie ihm schon Bescheid gegeben?«

»Nein. Ich rede später mit ihm.«

»Okay, ich rufe noch einmal zurück.« Dann legte ich auf.

Captain Hamilton war ein Polizeioffizier, den ich bei meinem letzten Fall in New York kennengelernt hatte. Ein kerniger Bursche, der das Herz auf dem rechten Fleck hatte, und mit dem man Pferde stehlen konnte. Was ich von der Aufzeichnung des ersten Anrufs wusste, war nicht dazu angetan, meine Laune zu heben.

Skelette als Polizisten!

Normalerweise zum Kopfschütteln, doch ich hatte schon zu viel erlebt, um so etwas leichtfertig abzutun.

Aber dann dachte ich an Grimes, den Ghoul. Er befand sich in London, also in meiner Nähe.

New York war weit...

Trotzdem, dort brannte es. Und Grimes hatte sich fürs erste verzogen. Mit anderen Worten, ich konnte fliegen, falls Superintendent Powell einverstanden war. Beim letzten Fall hatten die Amerikaner die Kosten übernommen. Ich hoffte, dass es diesmal auch so sein würde.

Aber zuerst musste ich mit Powell reden. Pardon, mit Sir Powell natürlich. Suko sagte ich schon vorher Bescheid. Seine Augen blitzten, als er hörte, dass es nach New York ging. Er hatte damals gegen den Vampir kräftig mitgemischt.

»Und wann?« erkundigte er sich.

Ich hob die Schultern. »Frag mich was Leichteres, Partner. Ich muss erst mit dem Großmeister reden.«

»Hoffentlich hat er gute Laune.«

»Du sagst es.«

Der Bentley stand in der Tiefgarage. Der Motor kam, kaum dass es den Zündschlüssel gerochen hatte. Ich kurvte die Ausfahrt hoch und fädelte mich in den fließenden Verkehr ein.

Während der Fahrt, dachte ich über den Fall nach. Polizisten als Skelette. Wenn Laurie tatsächlich recht hatte, dann wurde drüben in New York ein ziemlich heißes Eisen geschmiedet. Heiß und dämonisch. Es konnte leicht zu einer Katastrophe kommen, wenn diese Seuche um sich griff.

Ich dachte an den Schwarzen Tod, meinen Erzfeind. Ob er wieder mit von der Partie war? Der Größe des Projekts nach zu urteilen war dies möglich.

Also aufpassen.

In der Victoria Street staute sich der Verkehr. Mit einigen Minuten Verspätung traf ich ein.

Glenda Perkins, meine schwarzhaarige Sekretärin, war noch nicht da. Sie rief aber an, kaum dass ich mein Büro betreten hatte.

Ihr Wagen sprang nicht an.

»Sorry«, sagte ich, »dann muss ich mir den Kaffee eben allein kochen.«

»Hoffentlich vergiften Sie sich nicht, John.«

»Dann haben Sie mich auf dem Gewissen«, flachste ich. Glenda konterte. »Nein, mein Wagen.«

»Auch wieder wahr.«

Ich legte auf, als ich draußen vom Gang her Stimmen vernahm. Dann wurde die Tür des Vorzimmers geöffnet, und mehrere Personen ergossen sich in das Büro.

Sir Powell an der Spitze. In seinem Tross sieben hohe australische Polizeibeamte.

Auch das noch. Als wenn ich nichts anderes zu tun hätte, als den Kollegen lange Vorträge zu halten.

Sir Powell hatte sich in einen dunkelblauen Zweireiher gezwängt und trug eine unifarbene Krawatte mit einer Perle als Zierde. Er sah mich und nickte. Missbilligend stellte er fest, dass Glendas Schreibmaschine noch von der Haube bedeckt war.

Der Superintendent konnte sich denken, weshalb. Wahrscheinlich musste ich wieder meinen Kopf hinhalten.

Erst einmal spielte er den jovialen Chef. Er stellte mich vor, nannte mich süßsauer lächelnd einen guten Beamten, und ich machte Shake Hands.

Das ärgerte mich.

Ich musste hier im Büro herumstehen, während in New York vielleicht diese skelettierten Cops durchdrehten.

Dann hielt Sir Powell einen Vortrag. Er fing wieder mit der Tradition an und dass man sich heute noch deren Geist verbündet fühle.

Nach einer halben Stunde verschwanden sie endlich. Ich bekam Powell am Ärmel seines Zwirns zu fassen.

»Sir, kann ich Sie einen Augenblick sprechen?«

Der Superintendent verzog das Gesicht. »Muss das jetzt unbedingt sein, Sinclair?«

»Ja, es geht um einen neuen Fall.«

»Ist gut.« Sir Powell schaute auf seine Uhr. »Kommen Sie in mein Büro, ich wimmle die Gäste schon an einen anderen Verantwortlichen ab.«

»Danke, Sir.«

Ich wartete in Powells Vorzimmer. Seine

Sekretärin beachtete mich kaum, sondern hämmerte weiter auf ihrer Maschine. Hin und wieder sprang sie auf und raste zu einem Aktenordner. Einmal winkte ich ihr mit zwei Fingern zu, und ihr Gesicht wurde noch sauertöpfischer.

Sir Powell kam.

Das Gesicht der Sekretärin strahlte, und ich stand auf, um mit dem Superintendenten in seinem Büro zu verschwinden.

»Nehmen Sie Platz«, sagte er, putzte die dicken Gläser seiner Brille und setzte das Nasenfahrrad wieder auf.

»Dann berichten Sie mal.«

Das tat ich auch. Ich fing an mit dem Fehlschlag auf der Suche nach Grimes und kam dann zum eigentlichen Thema.

»New York?« fragte Sir Powell mich hinterher. Ich nickte.

»Früher kämpften und arbeiteten Sie noch in England, John, aber gut, meinen Segen haben Sie. Die Zeiten scheinen sich geändert zu haben.«

»Ein wahres Wort, Sir.«

»Wann fliegen Sie?« fragte mich mein Chef.

»Wenn es geht, mit der nächsten Maschine.«

»Gut, dann werde ich Sie in New York anmelden.«

»Nicht nur mich, Sir.«

»Fliegt der Chinese auch mit?«

»Ja.«

Sir Powell hob beide Arme und schluckte. »Okay«, sagte er und erschrak selbst über diesen laschen amerikanischen Ausdruck.

Ich verzog mich wieder.

Suko durfte also mitfliegen. Man hatte sich an

ihn gewöhnt und wusste, dass auch er ein erklärter Feind der Dämonen war. Kaum hatte ich hinter meinem Schreibtisch Platz genommen, um noch einiges wegzupacken, meldete sich das Telefon.

Bill Conolly wollte mich sprechen.

»Gibt es dich auch noch?« fragte er.

»Ja, aber beeil dich. Ich muss weg.«

»Weiß ich schon. Wir fliegen zusammen.«

Vor Überraschung wäre mir fast der Hörer aus der Hand geglitten.

»Wieso denn?«

Ich hörte sein Lachen. »Erzähle ich dir, wenn du zu Hause bist.«

»Und Sheila?«

»Kümmert sich um Shao.«

Ich grinste. »Da hast du doch dran gedreht?«

»Nein.« Bills Antwort klang so ›überzeugend‹, dass ich sie schon wieder als Lüge identifizierte.

»Dann bis gleich.« Ich hängte auf.

Glenda war noch nicht da. Ich schrieb ihr einen Zettel und legte ihn auf die Schreibmaschine.

New York wartete.

Und die Horror-Cops...

Auf dem Flug hatte ich geschlafen. Ich musste Versäumtes nachholen. Als ich erwachte, schwebten wir noch über dem Atlantik. Das Fenster befand sich rechts von mir.

Ich warf einen Blick hinaus und sah tief unten eine graue Fläche. Das Meer. Der Himmel war klar, die Sicht ausgezeichnet. Im Norden liefen Meer und Himmel zusammen.

Suko saß neben mir.

Bill hatte den Platz hinter uns. Jetzt schlief er.

Vor dem Abflug und auch nach dem Start war er

noch ungeheuer munter gewesen, hatte vor Einsatzfreude gebrannt und spielte den großen Action-Mann.

Dass Bill überhaupt mitflog, hatte er eigentlich einem Zufall zu verdanken. Sheila hatte bei Suko angerufen und sich nach Shao erkundigt. Sie wollte die Chinesin etwas unter ihre Fittiche nehmen. Als Bill hörte, dass Suko und ich in die Staaten wollten, war er Feuer und Flamme, hatte sofort seine Koffer gepackt und Sheila damit überrascht.

Sie gab ihren Segen.

Shao war bereits bei ihr. Wahrscheinlich würden die beiden einen Einkaufsbummel machen.

Mir sollte es recht sein.

»Landung in einer Stunde«, sagte Suko. Ich nickte.

Die Stewardess kam durch den Gang, lächelte dabei und erkundigte sich nach unseren Wünschen.

Ich verspürte Durst und bestellte einen Orangensaft. Wenig später bekam ich das große Glas serviert.

Trotz der Zeitverschiebung fühlte ich mich frisch. Als der amerikanische Kontinent in Sicht kam, war es früher Nachmittag.

New York wartete auf uns. Die Maschine ging tiefer, ich sah die Freiheitsstatue und die Insel Manhattan.

Wir landeten auf dem John F. Kennedy International Airport in Queens. Alles lief glatt, und wir kamen auch gut durch die Kontrollen. Sogar unsere Waffen wurden nicht beanstandet. Da hatte mein Chef, der gute Sir Powell, seine Beziehungen spielen lassen.

Auf dem riesigen Areal konnte man sich verlaufen. Dieser Flughafen war eine Stadt für sich. Laurie Ball fand uns trotzdem. Ich sah sie in der Nähe eines Gepäckbandes stehen und winken.

Ich grüßte zurück.

Wir holten unsere Koffer, und da lief uns Laurie Ball schon entgegen. Die Begrüßung war herzlich.

Dann stellte ich Bill Conolly vor.

»Gehört habe ich schon von Ihnen«, sagte Laurie.

»Hoffentlich nur Gutes.«

»Immer.«

»Nehmen wir den Hubschrauber?« fragte ich. Laurie nickte. »Wäre am besten.«

Diese Lufttaxis waren bequem. Mit ihnen gondelte man in kurzer Zeit nach Manhattan rüber.

Wir landeten auf dem Dach des MCA-Buildings. Mit dem Expresslift ging es anschließend nach unten.

Wir hatten Zimmer im Essex Hotel bestellt. Sie lagen zur Südseite hin, so dass unser Blick nicht auf den Central Park fiel. Laurie war mir in mein Zimmer gefolgt.

Sie ließ sich in den Sessel fallen, schlug die Beine übereinander und schaute mir beim Auspacken zu.

»Die Zeitungen haben sich überschlagen«, sagte sie.

»Wieso?«

»Na, die Nacht in der South Bronx. Alles ruhig, keine Schlägereien - nichts. Als hätte man eine riesige Glocke über den Stadtteil geschwenkt. So etwas ist noch nie geschehen.«

Ich schaute Laurie aus gebückter Haltung an.

»Gibt es eine Erklärung?
»Nein.«

Laurie hob die schmalen Schultern. Sie trug ein dunkelblaues Blusenkleid mit kleinen weißen Punkten. Es stand ihr gut. Das blonde Haar trug sie immer noch so kurz.

»Wo sollen wir ansetzen?« fragte ich.

»In der South Bronx.«

Ich runzelte die Stirn, und Laurie musste lachen. »Nicht die beste Gegend«, sagte sie, »aber dort sind die Horror-Cops nun mal aufgetreten.«

»Sie haben doch sicherlich recherchiert«, vermutete ich.

»Natürlich habe ich vorgearbeitet und mich nach Hank Stones Fall erkundigt.«

»Und?«

»Er war einem Kult auf der Spur.« »Welchem?«

»Dem Kult der Roten Henker!« »Was ist das?« »Keine Ahnung.«

»Hat man die Leiche Ihres Kollegen gefunden?« fragte ich. »Nein.«

Ich bot Zigaretten an. Laurie nahm ein Stäbchen, und ich gab ihr Feuer. Sie blies den Rauch aus und schüttelte bedauernd den Kopf. »Auch von den Horror-Cops gibt es keine Spuren.«

»Dann bist du die einzige Zeugin?«

Sie hob überrascht die Augenbrauen. »Okay, bleiben wir beim Du«, sagte sie.

»Also, wie war das mit der Zeugin?«

»Ich habe sie gesehen«, erklärte Laurie Ball. »Aber andere müssen sie auch gesehen haben, wenn man den Cops glauben darf, die ich gesprochen habe.«

»Aber die Beamten haben nichts unternommen?

«»Nein.«

»Warum nicht?«

»Keine Ahnung. Wahrscheinlich hielten sie das alles für einen schlechten Witz.«

»Das ist möglich«, gab ich zu.

»Allerdings gibt es einen Beamten, der die Sache aus einem anderen Blickwinkel sieht.«

»Erzähle.«

»Das ist Ray Onedin, ein Farbiger.« Laurie Ball berichtete, was er ihr auf der Fahrt nach Hause gesagt hatte. Dabei fiel auch der Begriff Todeszeit.

Ich wiederholte ihn.

»Kannst du dir einen Reim darauf machen?« fragte mich Laurie.

»Nein, noch nicht. Wahrscheinlich müssen wir sie mit dem Kult der Roten Henker in Verbindung bringen.«

»Aber wie?«

»Das wird unsere Aufgabe für die nächsten Tage sein. Jetzt sag mir nur noch, wo dein Kollege Hank Stone seine Recherchen durchgeführt hat.«

»Es gibt kaum Aufzeichnungen. Nur ein altes Notizbuch, das ich in seinem Schreibtisch gefunden habe.«

»Hast du es bei dir?«

»Natürlich.« Laurie öffnete ihre Handtasche und holte das Buch hervor. Der Kunstledereinband begann bereits abzublättern. Er war mehr als brüchig.

Ich blätterte das Buch durch.

»Ziemlich weit hinten«, erklärte Laurie.

Auf der zweitletzten Seite fand ich dann einige Eintragungen. Es war hingekritzelte Worte. Unter anderem fand ich einen Namen, der dick unterstrichen war **SINISTRO**.

Ich sprach Laurie darauf an.

»Den Begriff habe ich noch nie gehört«, gab sie zu.

Ich nickte.

»Wir werden uns darum kümmern. Es muss eine Spur geben, die uns zu diesem Sinistro hinführt.«

»Hoffentlich« erwiderte sie leise...

Hank Stone war nicht tot. Noch nicht...

Aber er erlebte das Grauen.

Obwohl nicht bewusstlos, wusste er nicht, wie er in dieses feuchte Gewölbe gelangt war. Er hatte einfach abgeschaltet, als die drei skelettierten Polizisten ihn abschleppten. Er hatte vor Angst gezittert, gebebt und geschluchzt. Er wusste nur noch, dass er irgendwann mal eine Treppe hinuntergegangen war, und nun befand er sich eingesperrt in diesem Raum.

Eingesperrt und gefesselt.

Sie hatten ihn an einen Pfahl gebunden, der genau in der Mitte des Verlieses stand. Der Pfahl war mit seltsamen Zeichen bemalt und erinnerte an einen Marterpfahl aus dem Wilden Westen, wie ihn die Indianerstämme benutzt hat-ten.

Allerdings stach die Spitze deutlich von den Marterpfählen der Ureinwohner Amerikas ab.

Sie bestand aus einem Totenschädel.

Er war aus dem Holz geschnitzt worden, hatte einen pechschwarzen Anstrich bekommen, und die Augenhöhlen waren schneeweiß ausgemalt. Welche Bedeutung dieser Schädel hatte, war dem Reporter nicht klar. Er ahnte jedoch, dass er mit den Horror-Cops in einem unmittelbaren

Zusammenhang stand.

Erhellt wurde das unterirdische Gewölbe von Pechfackeln, die in den Wänden steckten. Sie befanden sich gegenüber der klobigen Holztür, und Hank Stone schaute genau in ihr Licht.

Das Entsetzen hatte ihn überfallen, als er den Richtblock dicht vor seinen Fußspitzen sah.

Es war ein kniehoher Hauklotz und mit einer kerben förmigen Einbuchtung versehen.

Dort lag normalerweise der Hals des Delinquenten...

Hank Stone kannte das. Er hatte mal einen Bericht über die Französische

Revolution verfasst. Da wurden die Gegner der Bewegung entweder durch die Guillotine enthauptet oder aber sie lagen mit dem Kopf auf einem Richtblock.

Ähnlich wie dieser.

Aber für wen war er bestimmt?

Hank Stone wusste die Antwort bereits, aber er konnte und wollte sie einfach nicht glauben. So etwas durfte nicht geschehen, nicht in einer modernen Zeit.

Aber waren die Horror-Cops nicht auch existent?

Vor wenigen Tagen noch hätte Hank Stone jeden ausgelacht, der ihm davon berichtet hätte. Dann aber kam der Anruf. Ein Farbiger fragte, ob er an einer heißen Story Interesse hätte. Immer lautete die Antwort. Der Mann verlangte einen Hunderter, und den zahlte Hank Stone gern. Er hatte die Story bekommen, war der Spur gefolgt und zwangsläufig auf die Horror-Cops gestoßen.

Jetzt hatten sie ihn.

Die Fesseln schnitten tief in sein Fleisch. Sie

bestanden aus modernen Kunststoffasern, ließen sich nicht durchscheuern, aber Hank hätte auch keine Chance gehabt, das überhaupt in die Wege zu leiten. Seine Arme und Beine wurden durch die Fesseln dicht an den Körper gepresst, so dass er sich nicht rühren konnte.

Sie hatten ihn allein gelassen, schweigend waren sie verschwunden. Hank Stone verlor jegliches Zeitgefühl. Er wusste nicht, ob er Stunden oder bereits einen halben Tag in diesem Gewölbe verbracht hatte. Nur einmal waren die schrecklichen Polizisten wieder erschienen, um die Fackeln auszuwechseln.

Die quälende Ungewissheit war am schlimmsten. Wenn sie doch nur ein Ende gemacht hätten, dann wäre alles vorbei gewesen.

Aber so...

Anderseits wiederum – so hoffte Hank – suchte man vielleicht nach ihm. Wenn seine Kollegin Laurie Ball wirklich entkommen war, brauchte er die Hoffnung nicht aufzugeben.

Sie schaffte es bestimmt, er kannte sie. Und sie würde auch die Spur der Horror-Cops aufnehmen, und dann konnte es sein, dass sie das Versteck fanden.

Doch das waren Theorien. Plötzlich vernahm er ein Geräusch. In seinem Rücken – an der Tür.

Sie kamen...

Eine Gänsehaut rieselte über seinen Körper. Er hatte plötzlich Angst, und mit einem Mal wusste er, dass es nicht seine Retter waren, die sich an der Tür zu schaffen machten.

Sie wurde aufgedrückt. Hank Stone merkte es an dem Luftzug, der ihn streifte.

Schritte.

Den Geräuschen nach zu urteilen, waren es mehrere Personen, die das Verlies betraten.

Die Tür schlug mit einem harten Geräusch zu, der Luftzug verschwand. Steine knirschten unter den Füßen der Eindringlinge, als sie an dem Gefangenen vorbeischritten und rechts und links des Richtblocks Aufstellung nahmen.

Hank Stone hielt den Atem an.

Er hatte die Horror-Cops erwartet, doch er sah sich getäuscht. Die beiden Typen, die das Verlies betreten hatten, waren zwar keine Skelette, aber sie sahen ebenso furchterregend aus.

Ihre Oberkörper waren nackt und muskulös. Beide waren überdurchschnittlich groß, und jeder von ihnen hielt eine Axt in der Hand, die im Licht der Fackeln funkelten. Um die Hüften hatten die beiden Männer einen ledernen Lendenschurz gebunden, und ihre Füße steckten in schienbeinhohen Schaftstiefeln.

Von den Köpfen war nichts zu sehen. Zwei hellrote Kapuzen, die nur Schlitze für die Augen freiließen, bedeckten sie. Doch der Gefangene glaubte, hinter diesen Schlitzen nichts zu sehen. Nur absolute Schwärze. Die beiden standen unbeweglich wie zwei Statuen. Sie hielten die Beile jeweils in der rechten Hand. Der Flammenschein übergoss ihre Oberkörper und ließ sie aussehen wie mit Blut bestrichen.

Aber da war noch jemand im Keller.

Der Gefangene sah ihn nicht, er hörte ihn jedoch. Hinter seinem Rücken vernahm er die Geräusche.

Ein eigenartiges Jammern und Heulen, ein Wehklagen und Stöhnen, dann aber wieder ein drohendes Knurren.

Die Laute jagten Hank Stone einen Schauer nach dem anderen über den Rücken.

Seine Angst steigerte sich.

Er ahnte, dass ihm noch eine schreckliche Entdeckung bevorstand. Wer war gekommen?

Er sollte schnell eine Antwort auf die quälende Frage bekommen, denn der Unbekannte ging seitlich an ihm vorbei und geriet somit in sein Blickfeld.

Hank Stone starrte ihn an. Ein, zwei Sekunden! Dann schrie er auf.

Er konnte nicht anders, er musste schreien, denn der dritte Besucher, der das Verlies betreten hatte, war kein Mensch mehr, er konnte keiner sein

-denn er war eine Gestalt ohne Kopf!

Hätten die Fesseln Hank Stone nicht gehalten, so wäre er zusammengesackt. So aber hielten ihn die Stricke, und er starrte die unheimliche Gestalt an.

Der Kopflose trug einen langen dunkelroten Mantel, auf dessen Vorderseite die Köpfe von Ziegen und Kojoten eingestickt worden waren. Mit schwarzem Band. Der Mantel erinnerte an ein Dreieck, oben lief er spitz zu, aber dort, wo der Hals aus der Öffnung schauen sollte, befand sich nichts.

Nicht einmal ein Stumpf.

Und anstelle des Kopfes schimmerte es silbrig grau über dem Mantel- kragen.

Ob er wollte oder nicht, Hank musste diesen Kopflosen anstarren. Er stand wie unter einem inneren Zwang.

Aus den flimmernden Umrissen glaubte der Reporter, so etwas wie einen Schädel erkennen zu können, er konnte sich aber auch täuschen oder sich alles nur einbilden. Auf jeden Fall war das, was er sah, mehr als seine Nerven verkraften konnten.

Hank fühlte, wie ihm schwindlig wurde. Sein Herz klopfte oben im Hals. Er bekam Atembeschwerden, und für einige Sekunden schwankte alles vor seinen Augen. Er sah die Gestalten zerfließen, glaubte an einen bösen Traum, doch als er die Augen wieder öffnete, da sah er, dass alles Wirklichkeit war.

Brutale Wirklichkeit.

Hank Stone überlegte nicht, wieso der Unheimliche ohne Kopf herumlief, er dachte gar nicht erst darüber nach. Zuviel war in der letzten Zeit schon auf ihn eingestürmt. Jetzt bangte er nur noch um sein Leben.

Niemand der drei Eindringlinge sprach ein Wort. Der Kopflose hatte sich direkt vor den Richtblock gestellt und die Arme über der Brust verschränkt.

Aus den Ärmeln ragten seine Hände hervor. Es waren braune Hände mit starken Knochen, die hart und spitz hervortraten und zwischen denen sich die Sehnen wie Stricke spannten. Diese Hände konnten zupacken und auch töten...

Hank atmete schnell und pfeifend. Und er redete auch. Er wollte wissen, was mit ihm geschehen sollte.

Zweimal setzte er an, räusperte sich die Kehle frei und stellte dann die Frage: »Was wollt ihr von mir?«

Keine Antwort.

Hanks Blicke glitten zwischen den Männern hin und her. »Was wollt ihr«, schrie er, nachdem er tief

Luft geholt hatte.

Er bekam seine Antwort. »Dich!« lautete sie.

»Aber warum?« flüsterte er. »Warum wollt ihr mich?«

»Sinistro hat es so beschlossen!«

»Wer ist Sinistro?« Hank hatte den Namen, während seiner Untersuchungen schon gehört, doch er konnte sich nicht mehr daran erinnern, wann und wo es gewesen war.

»Ich bin Sinistro«, sagte der Kopflose.

Seine Stimme erfüllte den gesamten Kellerraum. Sie schien über Lichtjahre entfernt an Hanks Ohren zu dringen. Sie war unendlich fern und doch so nah.

Eine Stimme, die im Raum schwebte, die durch keinen Mund oder Lautsprecher drang, aber trotzdem da war.

Unvorstellbar...

Hank schluckte. Längst hatte er aufgehört, sich Gedanken zu machen oder sich zu wundern. Er konzentrierte sich nur noch auf die realen Begebenheiten.

»Und was wollt ihr von mir?«

»Wir werden dich töten«, antwortete der Kopflose. Hank zuckte innerlich zusammen.

»Wir werden dich töten!« wiederholte Sinistro. Töten... töten... töten...

Die Worte hallten nach, und sie erzeugten dabei ein schauriges Echo, das bei Hank einen unkontrollierten Lachkrampf auslöste, was wiederum auf eine Überreizung der Nerven zurückzuführen war.

»Aber warum?« brüllte er. »Was habe ich euch getan?«

»Du bist ausersehen!«

»Aber ich...« Hank verstummte, weil es doch keinen Zweck hatte, weiterzureden. Und irgendwie hatte er sich mit seinem Schicksal längst abgefunden.

Sein Tod war eine beschlossene Sache. Die Henker standen bereit.

Sinistro redete weiter. »Du wirst sterben und doch nicht tot sein, denn ich brauche dich noch als meinen Diener. Du wirst dich ebenfalls wie die anderen auf die Suche begeben.«

»Auf welche Suche?« schluchzte der Reporter.

»Das erfährst du noch früh genug. Vertraue auf die Magie der Roten Henker, zu denen auch du bald gehören wirst.« Der Kopflose löste seine Hände von der Brust und gab den beiden Halbnackten ein Zeichen.

Plötzlich kam Leben in sie.

Synchron schritten sie vor und näherten sich dem Gefesselten von zwei Seiten.

Dann hoben sie ihre Äxte. Hank Stone schrie.

Doch nicht ein Kratzer wurde ihm zugefügt. Die Maskierten schnitten nur seine Fesseln durch.

Die Stricke fielen zu Boden.

Hank brach in die Knie. Sein Kreislauf war durch die lange Fesselung völlig durcheinander.

Sofort zogen die Henker den Reporter wieder hoch. Dann schleiften sie ihn vor.

Zum Richtblock!

Bevor Hank Stone sich versah, lag sein Kopf schon in der Einkerbung. Sinistro gab das Zeichen.

Die beiden Henker hoben ihre Äxte.

»Es sei«, sagte der Kopflose und ließ seinen rechten Arm nach unten fallen.

Im nächsten Augenblick schlugen die Henker

zu…

Ich hatte mich entschlossen, zuerst Ray Onedin einen Besuch abzustatten und wollte ihn auch gar nicht auf die lange Bank schieben, sondern sofort gehen.

Suko war einverstanden. Bill stand unter der Dusche.

»Bis du fertig bist, sind wir dreimal wieder hier«, sagte ich in das Rauschen des Wassers hinein.

»Ich kündige dir die Freundschaft«, hörte ich Bill noch im Hinausgehen rufen.

Suko und Laurie warteten auf dem Flur.

»Wir können«, sagte ich.

Inzwischen hatte ich mich bewaffnet. Meine Beretta steckte unter der linken Achsel, außerdem besaß ich noch das Kreuz, und auch den Silberdolch hatte ich in die geschmeidige Lederscheide gesteckt.

Einen Leihwagen besaß ich noch nicht, und so mussten wir mit Lauries Fahrzeug vorliebnehmen.

Sie fuhr einen nagelneuen hellroten Honda Accord. Suko setzte sich in den Fond, während ich neben Laurie meinen Platz fand.

»Wo wohnt dieser Onedin?«

»Nördlich des Central Parks.«

Ich dachte nach. Ich war zwar kein New Yorker und kannte mich auch nicht dementsprechend gut hier aus, aber ich wusste, dass die Gegend nördlich des Central Parks nicht gerade die vornehmste war. Dort begann das Farbige Viertel, und in der Höhe der 14 Osten Straße verlief so etwas wie eine unsichtbare Grenze.

Ray Onedin wohnte in der 141sten, nicht weit von der St. Nicholas Ave entfernt.

Wir fuhren direkt an der Westgrenze des Central Parks entlang, erreichten den Frederick Douglass Circle, fuhren von dort auf der Achten Avenue weiter, die in Höhe der 121sten Straße in die St. Nicholas Ave übergeht.

Direkt in Onedins Wohnnähe gab es ein großes Parkhaus mit noch einigen leeren Flächen.

Wir fuhren bis unter das Dach.

Dort waren die Wagen nicht geschützt, sondern standen im Freien. Neben einer Brandmauer stoppte die Reporterin.

Drei nicht astreine Typen beobachteten uns, als wir ausstiegen. Sie schienen einer Bande anzugehören, denn sie trugen alle drei rote Lederjacken. Ihre jungen Gesichter zeigten bereits einen verschlagenen Ausdruck.

»Wenn ihr nicht bei mir wärt, hätten sie es versucht«, sagte Laurie Ball, als sie den Wagen abschloss.

»Und?« fragte ich. »Wie hättest du dich gewehrt?«

»Ich habe immer ein Tränengasspray bei mir.«

»Ob das hilft?«

»Meistens.«

Als ich wieder hinschaute, waren die drei verschwunden. Die Stadt New York litt sehr stark unter diesem Bandenterror. Hinzu kam noch, dass diese Gangs in einigen Filmen zu sehr verherrlicht wurden.

Vor dem Lift sahen wir sie dann wieder. Aber diesmal waren es fünf.

Krausköpfige Burschen mit dunkler Hautfarbe, durch Arbeitslosigkeit in ein schlimmes Schicksal gezwungen und immer darauf bedacht, zu überleben.

Sie kannten gar nichts anderes, als sich das Geld auf ungesetzliche Weise zu beschaffen.

Aber nicht bei uns.

Zwei hatten Schlagringe übergestreift. Die Typen waren älter. Ungefähr achtzehn.

Ich atmete pfeifend ein.

»Das gibt Ärger!« flüsterte Laurie.

Die Schläger grinsten breit. »Wenn ihr nach unten wollt, kostet das zwei Hunderter. Die Süße darf umsonst fahren.« Der Sprecher – einer der Schlagringexperten - grinste breit.

Ich wollte vortreten, doch Suko sagte nur: »Lasse mich das machen!« Dafür hielt sich Laurie hinter mir. Ich war sicher, dass Suko den Burschen die nötige Abreibung verpassen würde.

Er ging vor.

»Willst du blechen, Chink?«

Suko nickte. Ja, aber ich zahle mit meiner Währung!« Er stand lässig da, seine Arme hingen rechts und links des Körpers herunter.

»Und wie lautet deine Währung, Chink?« Der Schläger wippte auf den Fußballen.

Er wippte noch immer, als ihn Sukos Faust traf. Und hinter diesem Schlag lag Wucht. Der Schläger wurde in die Reihe seiner Freunde katapultiert und riss drei von ihnen mit zu Boden. Zwei standen wieder auf, doch der Sprecher war bewusstlos.

»Will noch jemand was?« erkundigte sich Suko sanft. Plötzlich hatte keiner Lust mehr

Suko meinte noch: »Das war meine Rechte. Sie ist meistens tödlich. Aber die Linke, die ist unerforscht!«

Die Schläger hatten keinen Sinn für Scherze. Sie packten ihren Anführer und zogen ab.

Über die Treppe.

Wir aber hatten freie Bahn und betraten den Lift.

»Das war Klasse«, lobte Laurie den Chinesen.

Suko hob die Schultern. »Diese Burschen sind doch nur Witzfiguren. Im Gegensatz zu unseren dämonischen Gegnern.«

Laurie nickte. Sie wusste Bescheid, denn sie hatte den Kampf gegen die Vampire miterlebt.

Durch einen Seitenausgang verließen wir den Komplex der Tiefgarage, schritten einmal um eine Hausecke und befanden uns in der 141sten Straße.

Und hier war was los.

Auf den Gehsteigen herrschte Gedränge. Mütter mit ihren Kindern spazierten an den alten Fassaden der Häuser vorbei. Die zu den Türen führenden hohen Treppen waren meist von Jugendlichen besetzt, die rauchten oder billigen Fusel tranken.

An den Gehsteigrändern standen Mülleimer, die überquollen. Aus obskuren Lokalen ertönte Disco-Musik oder auch Soul und Jazz. Ich sah rollschuhlaufende Halbwüchsige ebenso, wie leichte Mädchen oder halbseidene Burschen, hier Pimps genannt. Einige lehnten an den Kotflügeln ihrer schweren Limousinen, überelegant gekleidet, und ließen sich die Sonne ins Gesicht scheinen.

Ich sah aber auch Häuser, die ihre Feuerleitern nach vorn hinhatten, und es gab zahlreiche kleine Geschäfte, ähnlich der Krämerläden aus den Anfängen unseres Jahrhunderts.

Eine fremdartige, aber keineswegs uninteressante Umgebung. Doch hinter der Fassade – das wusste ich auch – da lauerte das Verbrechen. Rauschgift, Prostitution, Bandenterror, Glücksspiel und was weiß ich nicht alles.

»Hier wohnt also ein Polizeibeamter in New York«, meinte Suko.

Laurie gab die Erklärung.

»Das dürfen Sie nicht so sehen. Ray Onedin ist sicherlich ein sehr guter Mann. Wer mit den Leuten auskommen will, der darf nicht am Long Island Sound seine Villa haben, sondern muss sich unter das Volk mischen. Nur dann kann er etwas erfahren, und nur dann wird auch das Misstrauen abgebaut, das fast alle hier gegen die Polizei haben. Schauen Sie sich nur die Kinder an, diese hungrigen Blicke, das ist der Hunger nach Leben. Aber Leben kostet Geld. Geld hat man, wenn man arbeitet. Die meisten hier haben keinen Job, brauchen aber trotzdem Geld, und sie beschaffen es sich so, wie es die Schläger vorhin versucht haben. Man kann die Leute noch nicht einmal verdammen. Das ist meine Meinung.«

»Gut gesprochen, Laurie.« Ich lächelte.

»Danke, John. Aber ich bin Reporterin, und ich habe mich sozial engagiert, das ist es.«

Ja, ich kannte Lauries Einstellung. Und ich fand sie nachdenkenswert. Dann erreichten wir das Haus, in dem Ray Onedin wohnte. Es war ein schmalbrüstiges Gebäude, und die Feuerleiter lag auch zur Straße hin.

»Ich gehe vor«, sagte Laurie.

Wir hatten uns telefonisch angemeldet. Der Cop gehörte zu den wenigen Einwohnern in dieser Gegend, die einen Anschluss besaßen. Er war vorbereitet.

Natürlich war die Treppe besetzt.

Kinder schauten uns aus großen, braunen Augen an.

Ich lächelte ihnen zu. Laurie, Suko und ich stiegen über die Kleinen hinweg. Die Tür stand offen, und wir betraten einen düsteren, engen Hausflur, in dem es nach scharf gewürztem Essen roch.

»Wir müssen bis in den dritten Stock«, erklärte Laurie.

Wohl oder übel stiegen wir die Treppe hoch. Sie bestand aus Stein, war aber an den Stufenkanten abgebröckelt. Nur das eiserne Geländer hielt noch, obwohl es schon Rost angesetzt hatte.

Zwei Frauen kamen uns entgegen. Dicke Matronen. Die Frauen drückten sich eng an die Wand, um uns vorbeizulassen.

Irgendwie musste sich unser Kommen herumgesprochen haben, denn Ray Onedin erwartete uns bereits vor seiner Wohnungstür. Er stand am Ende des Treppenabsatzes.

Onedin sah gar nicht aus wie ein Polizist. Er trug Zivil. Verwaschene Jeans, ein gestreiftes T-Shirt und ein Kettchen am rechten Handgelenk. Er hatte eine sehnige durchtrainierte Figur, kräftige Arme, ein rundes Gesicht und unwahrscheinlich krauses Haar. Auf der breiten Oberlippe glänzte ein strichdünnes Bärtchen.

Ray Onedin lächelte, als er Laura sah. Dabei zeigte er prächtige Zähne.

»Willkommen«, sagte er und reichte Laurie die Hand. Anschließend stellte die Reporterin uns vor.

»Sogar aus England kommen sie«, meinte Onedin und nickte anerkennend. »Dann sind meine Andeutungen doch auf fruchtbaren Boden gefallen.

Bitte, kommen Sie herein.«

Er führte uns in eine sehr saubere Wohnung. Für diese Sauberkeit sorgte seine bessere Hälfte, eine ebenfalls dunkelhäutige Frau, mit einer Figur schlank und biegsam wie eine Weidegerte.

»Darf ich Ihnen Sarah vorstellen, meine Gattin«, sagte er. Wir machten Shake Hands.

Sarah Onedin hatte unwahrscheinlich schöne Augen. Groß und dunkel wie Vollreife Kirschen.

Wir nahmen in der Küche Platz, die gleichzeitig als Wohnraum diente. Wenigstens ließ die Möbelkombination darauf schließen.

Dem Fenster gegenüber gab es eine kleine Sitzecke mit schmalen Sesseln.

Wir fanden dort nicht alle Platz. Suko und ich setzten uns auf Küchenstühle.

Ray Onedin bot etwas zu trinken an, doch wir lehnten ab. Keinen Alkohol bei dieser Hitze.

»Ich hoffe, Mr. Onedin, Sie können uns eine Erklärung für dieses Auftauchen der Horror-Cops geben«, sagte ich und schaute den dunkelhäutigen Polizisten gespannt an.

Er schüttelte den Kopf. »Sorry, aber das kann ich nicht.«

»Wieso. Miss Laurie...«

Er hob die Hand.

»Miss Laurie Ball wird mich falsch verstanden haben, Sir. Ich weiß nichts, sondern habe nur Bruchstücke gehört. Mein Vater weiß mehr.«

»Können wir mit ihm sprechen?«

Ray Onedin nickte bedächtig.

»Ich glaube, das ist möglich.«

»Wo finden wir Ihren Vater?«

Der Polizist deutete auf eine hellgrün lackierte

Holztür. »Dahinter liegt das Schlafzimmer. Leider ist mein Vater ans Bett gefesselt. Aber ich habe ihm bereits gesagt, dass Sie kommen, und er wird sich Ihre Fragen anhören.«

»Das ist sehr freundlich.« Ray Onedin stand auf.

Seine Frau schritt zur Tür, öffnete sie einen Spalt und warf einen Blick in das Zimmer. Sich zu uns umdrehend sagte sie: »Er ist wach. Sie können hineingehen. Sarah Onedin gab die Tür frei. Auf Zehenspitzen betraten wir das Zimmer. Ray Onedin ging an der Spitze, ich folgte, dahinter kam Laurie, und Suko machte den Schluss. Sarah schloss die Tür. Sie selbst kam nicht mit hinein.

Der Raum war abgedunkelt. Der Vorhang vor dem Fenster ließ kaum Licht durch. Ich erkannte drei Betten, die nebeneinanderstanden. Dazu noch der alte Kleiderschrank, und das Zimmer war ausgefüllt.

Onedins Vater lag in dem vom Fenster aus am weitesten entfernten Bett. Daneben stand noch eine Konsole und auf ihr ein Glas mit frischem Wasser.

Ray trat an das Bett heran und beugte sich zu seinem Vater herunter.

»Die Gentlemen sind da«, sagte er flüsternd.

»Danke, mein Sohn.« Ray Onedin trat zurück und gab mir so den Blick auf das Bett frei. Von dem alten Onedin sah ich nur den Kopf. Der Mann hatte ebenso krauses Haar wie sein Sohn, nur war es im Laufe der Zeit weiß geworden und umgab nur noch als Kranz einen sonst kahlen Schädel. Das Gesicht zeigte zahlreiche Falten und Furchen, Andenken eines harten, arbeitsreichen Lebens. Ein interessantes Gesicht, wie ich fand.

Hier lag ein wirklicher Mensch. Ein Mensch mit hellwachen, klaren Augen. Mir war dieser alte Herr sofort sympathisch.

»Wer von Ihnen ist Mr. Sinclair?« fragte er mit leiser Stimme. Ich hob die Hand.

»Bitte treten Sie etwas vor. Kommen Sie ruhig an mein Bett. Ich möchte Sie sehen. Mein Sohn hat mir berichtet, dass sie extra aus London gekommen sind. Sie müssen ein besonderer Mann sein.«

Ich folgte seiner Bitte und blieb neben ihm stehen. Den Kopf hielt ich gesenkt, und unsere Blicke trafen sich.

Wir schauten uns an. Stumm, ohne ein Wort zu sagen.

Nach einer Weile meinte der Alte: »Ich bin Henry Onedin, und ich weiß, dass ich in letzter Zeit alt und gebrechlich geworden bin. Jüngere müssen kommen. Männer wie Sie, Mr. Sinclair. Ich bin stolz darauf, dass mein Sohn bei der Polizei ist, aber er allein ist zu schwach, es zu schaffen. Ich sehe es Ihnen an, Mr. Sinclair, dass Sie es können. Ja, Sie werden es schaffen, denn Sie haben gute Augen, die hat heutzutage nicht jeder Mensch. Reichen Sie mir bitte das Glas Wasser.«

Ich tat es.

Er nahm einen Schluck und sagte: »Damit Sie besser verstehen lernen, will ich Ihnen eine Geschichte erzählen. Und auch Ihre Freunde sollen jetzt sehr gut zuhören, denn es ist eine böse Geschichte, eine Legende, die sich jedoch erfüllen wird. Heute, morgen oder übermorgen, wer kann das sagen? Aber sie wird sich erfüllen. Die Zeichen stehen bereits auf Sturm. Um Ihnen alles begreiflich zu machen, muss ich in der

Vergangenheit beginnen. Schuld an allem ist Sinistro, der Dämon ohne Kopf oder einfach nur der Kopflose genannt.

Er lebte auf den Westindischen Inseln, wo auch unsere Vorfahren zu Hause waren. Sinistro beschäftigte sich mit Schwarzer Magie, er war ein Priester und hatte auch die dunkle Voodoo-Weihe erfahren. Er wollte die Toten aus den Gräbern holen, doch die Menschen auf der Insel bekamen plötzlich Angst. Sie merkten, dass sie ihm zu viel Macht gegeben hatten und fragten einen alten Priester um Rat. Der gab ihnen auch eine Antwort, die folgendermaßen lautete. Wenn ihr Sinistro besiegen wollt, dann müsst ihr ihm den Kopf abschlagen. Die Menschen waren entsetzt, sie erkundigten sich nach einer anderen Lösung, doch die gab es nicht. Also blieb ihnen nichts anderes übrig, als der Aufforderung nachzukommen. In einer dunklen Nacht schlichen sie zu der Hütte des Schwarzen Priesters, die sich dicht am Friedhof befand, holten Sinistro hervor und köpften ihn. Den Kopf aber, den ließen sie verschwinden. Niemand wusste wo. Sinistro aber war nicht tot. Er hatte mit dem Teufel einen Bund geschlossen. So ging er ein in das Zwischenreich, in die Dimensionen zwischen Sein und Nichtsein. Als Kopfloser erschien er den Menschen fortan und forderte seinen Schädel.«

Der Alte legte eine Pause ein und bat noch um einen Schluck. Ich reichte ihm das Glas. Im Zimmer war es still geworden. Man hätte eine Stecknadel zu Boden fallen hören können.

Dann sprach Henry Onedin weiter. »Der Rest ist schnell erzählt. Sinistro bekam seinen Schädel nicht wieder. Aber seit über dreihundert Jahren sucht er ihn. Allerdings nicht allein. Er hat Helfer um sich geschart, ebenfalls Kopflose, die ein unseliger Geist auf den Beinen hält. Sie existieren als lebende Tote, sind zombieähnlich, tragen aber rote Kapuzen, um ihre Kopflosigkeit zu verbergen. Sie sind die Helfer und Henker des Sinistro. Jetzt ist er in New York aufgetaucht, denn irgendwie muss er erfahren haben, dass sein Kopf sich in dieser Stadt befindet.«

»Ist er wirklich in New York versteckt?« fragte ich den alten Henry Onedin.

»Das weiß ich nicht. Angeblich soll er sich hier irgendwo befinden, doch das müssen Sie herausbekommen, Mr. Sinclair. Sie und Ihre Freunde.«

»Wir werden uns große Mühe geben«, versprach ich. »Nur - was hat dieser Sinistro mit den skelettierten Polizisten zu tun. Die Kopflosen, das ist eine Seite, die Skelette, das ist eine andere.«

»Es gibt ein Sprichwort, welches heißt: Ein Unglück kommt selten allein. Sinistro hat Hilfe angefordert, und man hat sie ihm gegeben.«

»Wer ist sein Helfer?«

»Wir nennen ihn den Majordomus des Satans. Aber er hat auch einen anderen Namen.«

»Darf ich raten?«

»Ja.«

»Ist es der Schwarze Tod?«

Tief atmete der alte Mann ein und erwiderte dann: »Sie wissen sehr viel, Mr. Sinclair.«

»Also habe ich recht?«

»Ja.«

Ich hatte es geahnt. Also auch hier in New York. Er war allgegenwärtig, mein Erzfeind. Und das

Schicksal wollte es, dass wir immer wieder zusammentrafen. Allerdings hatte der Schwarze Tod in letzter Zeit ziemlich viele Niederlagen erlitten, und es war der Punkt eigentlich abzusehen, wann er völlig von der Bildfläche verschwand. Satan konnte sich normalerweise diese Niederlagenhäufungen nicht bieten lassen. Ich hatte auch schon einen neuen Namen gehört. Eine Dämonin sollte aufgebaut werden. Asmodina!

Satans eigene Tochter.

Doch die Andeutungen waren zu vage, um daraus konkrete Dinge zu sehen. Abwarten.

Jetzt interessierte mich der Schwarze Tod. Ich beugte mich wieder zu dem Alten hinunter.

»Und was will der Schwarze Tod erreichen?« fragte ich.

Henry Onedin atmete tief ein. Seine magere Brust hob und senkte sich.

»New York ist eine große Stadt, die ihn sicherlich fasziniert hat. Stellen Sie sich vor, Mr. Sinclair, es gelingt diesem Dämon, New York unter seine Kontrolle zu bekommen.«

Ich zuckte zurück. »Das darf ich mir gar nicht erst ausmalen, dann werde ich verrückt.«

»Aber alle Anzeichen deuten in diese Richtung. Wenn der Schwarze Tod die Ordnungskräfte unterwandert hat, dann kann er sich auch bald zum Herrscher der Stadt aufschwingen, denn es gibt niemanden, der sich ihm in den Weg stellt. Diese Apathie der South Bronx, die kommt nicht von ungefähr. Sie ist auf den magischen Einfluss des Satansdieners zurückzuführen.«

Ich nickte. »Richtig, und Sie umschreiben das mit dem Begriff Todeszeit.«

»Ja.«

Ich drehte mich zu den anderen um. Meine Freunde schauten mich ernst an. Ray Onedin ebenfalls. Ich las aber auch die Sorge um den Vater in seinen Augen.

»Gibt es sonst noch etwas, das ich wissen sollte?« fragte ich den Alten.

»Nein, ich habe alles gesagt.«

»Können Sie mir den Weg zu einer Lösung zeigen?« erkundigte ich mich.

»Das ist schwer«, erwiderte der Alte.

»Es muss wohl einen Weg geben, aber den kenne ich auch nicht.«

»Dann haben wir es mit zwei Gegnern zu tun«, stellte ich fest. »Mit dem Schwarzen Tod und mit Sinistro. Glauben Sie, dass sich Sinistro in der Nähe befindet?«

»Ja, Mr. Sinclair. Er befindet sich in New York. Er sucht seinen Kopf, und er muss ihn finden!«

»Wo befindet sich der Schädel.«

»Ich weiß es nicht«, erwiderte der Alte.

»Wo könnte er sich befinden?« Ich ließ nicht locker.

»Auch das kann ich Ihnen nicht sagen, Mr. Sinclair. Aber hüten Sie sich vor den Roten Henkern. Sie sind ungeheuer gefährlich und Sinistros Diener. Sie gehorchen ihm blind.

»Was sind das für Typen?« hakte ich nach.

Der Alte lachte, und es hörte sich an, als würde jemand in ein hohles Rohr blasen. »Soviel ich weiß, sind es keine Menschen, sondern Untote. Lebende Leichname, und sie sind grausam. Die Henker gehen nie unbewaffnet. Sie tragen schwere Äxte bei sich, mit denen sie auch umgehen können.

Sie töten für Sinistro, und jeder Ermordete wird zu einem Diener des Dämons. Es ist wie eine Kettenreaktion. Jeder Kopflose sucht ein neues Opfer.«

»Moment mal«, sagte ich. »Heißt das, dass die Henker ebenfalls ohne Kopf herumlaufen?«

»Ja, Mr. Sinclair.«

Ich bekam eine Gänsehaut. Das konnte heiter werden. Wenn es stimmte, was der Alte sagte, stand uns eine harte Sache bevor.

Ich warf einen Blick zu Suko und Laurie.

Ihre Gesichter zeigten einen nachdenklichen Ausdruck. Nach Lachen war keinem von uns zumute.

Auf wen sollten wir uns konzentrieren? Auf die Henker oder auf die skelettierten Cops? Oder auf beide?

Vielleicht sollten Suko und ich getrennt marschieren und vereint schlagen. Über diese Möglichkeiten galt es nachzudenken.

Ich streckte dem alten Henry Onedin die Hand entgegen. »Auf jeden Fall danke ich Ihnen für Ihre Hilfe, Mr. Onedin«, sagte ich. »Ich glaube, dass wir ein ganzes Stück weitergekommen sind.«

Er nickte. »Es würde mich freuen.«

Dann wünschte ich ihm noch gute Besserung, und er lächelte. »Keine Angst, ich bin zäh. Aber geben Sie acht. Ich bin ein alter Mann. Sie haben noch eine Aufgabe zu erfüllen.«

Ich wollte noch mehr sagen, doch da vernahm ich die Schreie. Sie mussten aus dem Hausflur kommen, denn sie klangen noch weit entfernt. Dann aber flog die Tür zur Wohnung auf. Wir hörten es, als sie im Nebenzimmer gegen die Wand prallte und wieder zurückgeschleudert wurde.

Noch ein Schrei. Spitz und gellend. Das war Sarah!

Suko und ich wirbelten herum. Wir flogen förmlich auf die Tür zu, rissen sie auf und sprangen über die Schwelle.

Augenblicklich blieben wir stehen.

Sarah Onedin hatte sich in die linke Zimmerhälfte verkrochen und eng an die Wand neben dem Fenster gepresst.

Ihr Gegenüber, einen Schritt von der Tür entfernt, stand der Rote Henker.

In der rechten Hand hielt er eine mörderische Axt!

Er war also gekommen. Ich starrte ihn an. Von seinem Kopf sah ich nicht viel. Eine Kapuze bedeckte ihn, die nur zwei Schlitze für die Augen freiließ. Er trug sonst normale Straßenkleidung, Cordhose, eine leichte Jacke und ein unifarbenes Hemd.

Trotzdem war es eine grausam anzuschauende Figur. Der Henker rührte sich nicht.

Unverwandt starrten wir uns an. Sekunden dehnten sich zu Ewigkeiten. Neben mir spürte ich eine Bewegung. Laurie Ball drängte sich an mir vorbei. Sie schaute ebenfalls in die Küche, und als ich einen schnellen Blick zur Seite warf, sah ich, wie sie blass wurde.

Totenblass...

»Was ist?« zischte ich.

Sie schluckte. »Der Henker – es ist... es ist Hank Stone!«

Das war ein Hammer!

Der Reporter als Dämon. Dann hatten sie ihn doch gepackt und umfunktioniert.

Wie hatte der Alte noch gesagt? Seine Diener sind ebenfalls kopflos. Dann musste der Reporter vor uns... Ich wagte kaum, weiterzudenken.

Aber der Reporter oder der Kopflose hatte anderes vor, als mich groß nachdenken zu lassen.

Er wollte töten.

Während Sarah angsterfüllt auf dem Boden hockte und beide Handballen gegen ihren Mund gepresst hielt, warf der rote Henker sich vor. Gleichzeitig schwang er den rechten Arm mit der Axt hoch.

Ich sah die Schneide blitzen und hörte das Pfeifen, wie sie die Luft zerschnitt.

Blitzschnell warf ich mich zur Seite.

Suko, Laurie und Ray Onedin standen zum Glück hinter mir. Der Chinese riss die beiden in das Zimmer hinein, während ich mit der rechten Seite auf dem Boden landete.

Die Axt jagte vorbei.

Mit einem dumpfen Laut fuhr sie in das Holz der Türfassung, wo sie einen gewaltigen Einschnitt hinterließ.

Himmel, dieser Schlag hätte mich in zwei Hälften gespalten. So aber drehte ich mich um die eigene Achse und sprang auf.

Ich stand noch nicht ganz, als der zweite Hieb heranfauchte. Diesmal sauste die Schneide waagerecht auf mich zu, und ich ließ mich im letzten Moment nach hinten fallen.

Der Rote Henker musste ungeheure Kräfte besitzen, dass er die Axt mit einem einzigen Ruck aus dem Holz gezogen hatte. Jetzt wusste ich, was mir bevorstand.

Suko tauchte im Türrahmen auf, und er hielt

seine Beretta in der Hand.

»Nicht schießen!« schrie ich, als ich sah, wie sich Sukos Finger krümmten.

Ich wollte den Kerl lebend, denn nur er konnte mir die Information geben, die ich brauchte.

Suko zog sich sofort zurück, und das war sein Glück, denn die dritte Attacke galt ihm.

Gedankenschnell rammte der Chinese die Tür zu.

Die Axt fetzte in das Holz. Der Schlag war so wuchtig geführt worden, dass die Schneide durch das Holz schlug.

Sofort riss der Unheimliche die Axt wieder hervor. Ich sprang ihn an.

Er wandte mir seinen Rücken zu. Ich hatte die Beretta hervor gerissen und schlug mit dem Griff zu.

Doch wo sich normalerweise bei einem Menschen der Kopf befindet, gab es keinen Widerstand. Der Pistolenkolben drückte den Stoff der Kapuze ein, das war alles.

Erst in Höhe der Schultern traf er auf Widerstand. Der Henker fuhr herum.

Knurrend, aber auch wütend. Er hielt seine fürchterliche Waffe jetzt mit beiden Fäusten umklammert, und ich musste schnell zurück, um einem erneuten Hieb auszuweichen.

Dicht vor meinen Augen pfiff die Axt durch die Luft. Teufel, das war knapp gewesen.

Ein weiterer Sprung brachte mich an die Wohnungstür. Und noch ein Schritt über die Schwelle.

Hinter mir vernahm ich das Schreien.

Ich riskierte einen schnellen Blick über die Schulter und sah zahlreiche Bewohner, die sich im Hausflur versammelt hatten. Männer, Frauen und

Kinder standen auf den Treppenstufen entlang der Wände und beobachteten aus weit aufgerissenen Augen das Geschehen.

»Weg!« schrie ich den Gaffern zu. »Verschwinden Sie! Weg, gehen Sie endlich!«

Sie blieben.

Dann tauchte der Rote Henker auf.

Wie das personifizierte Grauen stand er auf der Türschwelle. Unter der Kapuze drang ein tiefes, drohendes Knurren hervor.

Erst jetzt wurden sich die Menschen der Gefahr bewusst, in der sie schwebten.

Das Auftauchen des Henkers wirkte wie ein geheimes Startsignal. Plötzlich rannten sie, was ihre Füße hergaben. Mütter zogen ihre Kinder mit, und auch die Männer verschwanden.

Bis auf einen.

Der hatte eine Schrotflinte.

Von einem unteren Stockwerk tauchte er auf, hielt seine doppelläufige Waffe fest umklammert und hatte den Finger am Abzug. Der Mann war ein Mulatte, etwa vierzig Jahre alt, trug nur ein Netzunterhemd und eine zerschlissene Hose.

Auf der drittletzten Stufe blieb er stehen.

»Fahr zur Hölle, Bestie!« schrie er.

»Nein, nicht!« brüllte ich. »Sie erreichen damit nichts!«

Der Mann ließ sich nicht beirren. Mit seiner Waffe fühlte er sich stark.

»Dich schieße ich in Fetzen, du Ungeheuer!« brüllte er.

Ich wollte ihn noch einmal warnen, doch der Schrei blieb mir im Hals stecken.

Der Kerl schoss.

Eine fußlange Mündungsflamme stach aus dem Rohr. Die Schrotflinte hatte solch einen Rückstoß, dass sie dem Mann fast aus der Hand geprellt worden wäre. Aber die Schrotladung traf.

Sie jagte etwa in Höhe der Gürtellinie in den Körper des Kopflosen. Hinter der Ladung steckte so viel Wucht, dass der Kapuzenträger bis gegen die Wand geworfen wurde. Dort wo die Schrotkörner getroffen hatten, zweigten sich winzige Blutperlen, die aber im nächsten Moment wieder verschwanden.

Der Schießer stand wie erstarrt.

Er hatte geglaubt, den Unheimlichen ausschalten zu können, jetzt sah er, dass dies nicht möglich war.

Der Unheimliche war ein Dämon. Und er griff an.

Er löste sich von der Wand und schwang seine mörderische Axt. Da griff Suko ein.

Bevor ich schießen konnte, um das Leben des Mannes zu retten, wirbelte Suko an dem Kopflosen vorbei, stieß sich ab und flog im Hechtsprung auf den Schützen zu.

Hart prallte er gegen ihn. So hart, dass beide die restlichen Treppenstufen hinunterrollten und auf dem nächsten Absatz erst liegenblieben.

Der Mann mit der Schrotflinte stöhnte. Er hatte sich die Schulter geprellt, während der durchtrainierte Suko rasch wieder auf die Beine kam und seine Waffe zog.

Ich sah es von der nächsthöheren Treppe aus und winkte hastig ab.

»Nicht, Suko!«

Der Chinese nickte.

Der Rote Henker aber schaute sich um.

Obwohl er keinen Kopf mehr besaß, musste er doch sehen können, denn die Kapuze auf seinem Hals bewegte sich hin und her.

Einmal schaute ich in die Augenschlitze, dann wieder Suko. Er suchte sich seinen Gegner aus.

Und das war ich.

Plötzlich wandte er sich nach links und spurtete geschmeidig die Treppenstufen hoch.

Ich gab Fersengeld.

Nicht aus Angst, obwohl mir der Kerl wirklich nicht geheuer war, sondern weil ich ihn weglocken wollte. Es war gefährlich, ihn in unmittelbarer Näher der Bewohner zu lassen. In Häusern dieser Art gab es Speicher und Kammern unter den Dächern. Dort wollte ich den Kopflosen zum Kampf stellen.

Wir erreichten die letzte Etage.

Ich hatte mich während des Laufs immer wieder umgedreht, denn für den Henker war es eine Kleinigkeit, mir seine Axt in den Rücken zu schleudern.

Doch er unterließ es.

Mit einem gewaltigen Sprung nahm ich die letzten drei Stufen, stand auf dem Absatz und suchte den Aufstieg zum Speicher.

Fehlanzeige.

In diesem Haus gab es so etwas nicht.

Dafür sah ich drei Türen, die in verschiedene Wohnungen führten. Durch ein schmales Fenster fiel Licht. Die Öffnung war so klein, dass weder ich noch der Henker hindurchklettern konnten.

Der Kampf entschied sich also hier oben. Wieder pfiff die Axt auf mich zu.

Diesmal jedoch wich ich nicht zurück, sondern

lief in den Schlag hinein. Ich duckte mich dabei und riss gleichzeitig meinen linken Arm hoch.

Meine gekrümmte Handkante traf sein Gelenk. Beide hatten wir wuchtig zugeschlagen, doch ich hielt keine Axt fest. Sein Griff widerstand dem Zusammenprall nicht, und die Axt wurde dem Mann aus der Faust gewirbelt.

Sie überschlug sich zweimal in der Luft und hackte gegen die mittlere der drei Wohnungstüren.

Dort blieb sie zitternd stecken.

Der Henker fuhr herum. Er wollte auf die Axt zulaufen. Ich aber war schneller, warf mich vor und bekam seine Beine in die Höhe der Knie zu fassen.

Der Kopflose fiel hin.

Sofort lag ich über ihm. Meine Faust sauste nach unten, sollte seinen Nacken treffen, doch mir fiel zu spät ein, dass unter der Kapuze nichts war.

Ich schlug voll durch und traf den Boden.

Ein glühender Schmerz durchzuckte meine Hand. Ich hätte aufschreien können vor Wut. Tränen schössen mir in die Augen. Der Henker nutzte den Moment meiner Schwäche, wälzte sich herum, sprang auf und rannte auf die Tür zu, wo seine Axt steckte.

Da wurde die Tür von innen aufgerissen.

Das schreckensstarre Gesicht einer Frau schaute in den Flur. Ich weiß nicht, warum die Person nicht in ihrer Wohnung geblieben war, wahrscheinlich hatte sie der Krach gestört. Doch nun war es zu spät, noch einen Rückzieher zu machen.

Der Henker hatte sie schon erreicht.

Der Schrei der Frau erstickte schon im Ansatz,

weil der Kopflose sie wuchtig zur Seite schleuderte. Die Frau fiel in den Raum hinein, stolperte über einen Stuhl und blieb am Boden liegen.

Der Henker riss die Axt aus dem Holz. Ich lag noch immer am Boden.

Doch der Henker wandte sich nicht mir zu, sondern stürmte in die Wohnung.

Was geschah, wenn sich jetzt noch Kinder in der Nähe befanden. Es war nicht auszudenken.

Im Liegen hob ich den Arm mit der Waffe. Der Henker wandte mir zwar den Rücken zu, aber ich musste schießen, denn in diesem Augenblick sah ich das Kind.

Es lief aus einem Nebenzimmer, sah den Unheimlichen und blieb stehen, um ihn aus großen Augen anzustarren.

Seine Mutter schrie.

Doch der Henker rannte an dem kleinen Mädchen vorbei.

Ich ließ den Arm sinken. Dann aber sprang ich auf und machte mich an die Verfolgung des Kopflosen.

Ich sprintete an der schreckensstarren Frau vorbei, rannte durch die Wohnung, gelangte in eine schmale Küche und sah das Fenster, vor dem der Henker stand.

Er war dabei, es aufzuziehen.

»Halt!« schrie ich.

Der Kopflose wirbelte herum.

Mit angeschlagener Waffe war ich auf der Türschwelle stehengeblieben. Und dann schleuderte der Unheimliche seine Axt. Er tat dies aus dem Handgelenk, ich sah nur etwas blitzen und zog im letzten Moment den Kopf ein.

Ein Schrei, ein Pfeifen, dann zischte die Axt über meinen Schädel hinweg. So nah, dass sie mir fast noch ein paar

Haare spaltete. Im Flur klirrte sie gegen eine Wand und fiel dann zu Boden.

Jetzt war der Henker waffenlos.

Er wollte fliehen. Das Fenster hatte er bereits aufgezogen und schwang sich schon über die Brüstung.

Wollte er springen?

Nein, mir fiel die Feuerleiter ein, die sich wie andere auch an der Außenfront nach unten zogen.

Die wollte er benutzen. Der Henker verschwand.

Zwei Atemzüge später war ich bereits am Fenster, beugte mich über die Brüstung und schaute nach unten.

Soeben rückte die Polizei an. Das Heulen der Sirenen war mir gar nicht aufgefallen, so sehr hatte mich der Kampf in Anspruch genommen. Jetzt standen drei Patrol Cars vor dem Haus. Türen flogen auf, und Cops stürzten aus den Fahrzeugen.

Neugierige hatten sich versammelt. Einige zeigten nach oben. Die Polizisten blieben stehen und schauten hoch.

Sie sahen den Henker auf der Feuerleiter und im nächsten Moment auch mich.

Mein Gegner hatte bereits einen zu großen Vorsprung. Die letzten drei Stufen bis zur ersten Plattform unter dem Fenster sprang er.

Es dröhnte laut, als er landete. Die Plattform war auch nicht mehr richtig verankert. Sie schwankte unter dem Gewicht wie ein Schiff im Wind, und es dauerte seine Zeit, bis sie sich beruhigt hatte.

Da aber sprang ich.

Ich kam gut auf und lief sofort die nächste Leiter hinunter. Mein Gegner hatte die folgende Plattform noch nicht erreicht, ich holte auf.

Unten auf der Straße standen noch immer die Cops. Sie hielten zwar ihre Waffen in den Händen, doch die Mündungen deuteten zu Boden. Gespannt beobachteten sie unsere Jagd.

Ray Onedin rannte aus dem Haus und lief auf den Streifenführer zu. Hastig redete er auf ihn ein und zeigte hin und wieder nach oben.

Dann sah ich auch Suko, doch die Jagd ging weiter, und ich musste mich auf den Kopflosen konzentrieren.

Dieser Teil der Leiter war noch mieser als der vorherige... Die Stufen knirschten und ächzten. Rost rieselte wie Schnee dem Boden entgegen. Und dann passierte es.

Auf der nächsten Plattform rutschte der Kopflose aus. Sie war nicht mehr richtig im Gestänge verankert und kippte zur linken Seite weg.

Diese Aktion kam zu überraschend für den Kapuzenmann. Er rutschte mit, versuchte vergeblich, das Gleichgewicht zu halten und streckte auch noch den Arm aus, um eine Sprosse zu erreichen, doch die Plattform schwang gleichzeitig herum.

Der Kopflose griff ins Leere. Und dann stürzte er ab.

Ich stand drei Stufen über ihm, hatte im letzten Augenblick gezögert, nachzuspringen, und das war mein Glück.

Die gesamte untere Hälfte der Feuerleiter krachte zusammen. Metallstreben, Plattformen, Mauerwerk und der Kopflose fielen in einem wahren Regen der Straße entgegen.

Mein Gegner stürzte kopfüber ab.

Dabei verlor er seine Kapuze. Das Stück Stoff wurde vom Wind erfasst, zur Seite getragen und segelte dann langsam nach unten. Doch niemand der Zuschauer hatte Augen für die Kapuze. Alle starrten nur die Gestalt an, die ohne Kopf dem Erdboden entgegentrudelte.

Ein vielstimmiger Schrei brandete an meine Ohren. Dann klatschte der Kopflose auf.

Jeder erwartete, dass er tot, zumindest aber schwerverletzt liegenblieb. Die Tatsachen jedoch straften dieser Vermutung Lügen.

Der Unheimliche stand auf. Ohne Kopf...

Selbst die abgebrühten Polizisten wurden vom Entsetzen gepackt. Sie wichen unwillkürlich zurück, als der Unheimliche durch ihre Reihen brechen wollte.

Dann aber schrie der Streifenführer einen Befehl. »Feuer!«

Die Cops rissen die Waffen hoch. Schüsse peitschten. Kugeln fegten durch die Luft, und sie trafen.

Der Kopflose wurde von den Einschlägen regelrecht durchgeschüttelt, aber nichts geschah.

Er brach nicht zusammen, kein Blut quoll aus den Wunden - wenigstens sah ich nichts - der Kopflose rannte weiter. Er sprintete auf die Straße, ein Wagen kam ihm entgegen, er schaffte es nicht mehr auszuweichen, wurde von der Kühlerschnauze erfasst und durch die Luft gewirbelt.

Er überschlug sich zweimal und fiel zu Boden. Der Fahrer des Wagens bremste. Mit weit aufgerissenen Augen hockte er hinter dem Lenkrad und hatte beide Hände gegen seine Wangen gepresst. Er konnte nicht fassen, was er gesehen und erlebt hatte.

Jetzt endlich konnte Suko starten. Er besaß ebenfalls eine mit geweihten Silberkugeln geladene Pistole. Wahrscheinlich konnte er nur mit diesen Geschossen den Kopflosen stoppen.

Suko hätte früher losrennen müssen, aber da war die Luft noch zu bleihaltig gewesen. Doch nun hatte Suko seine Chance verpasst. Der Kopflose war bereits in der Menschenmenge verschwunden und rannte soeben durch eine Einfahrt in den nächsten Hinterhof.

Ich hätte mir vor Wut irgendetwas abbeißen können. Fast hatte ich den Kopflosen gehabt, doch jetzt war er wieder verschwunden.

Ich kletterte wieder hoch und musste den gleichen Weg zurücknehmen, den ich gekommen war. Die Leiter wankte zwar weiterhin, aber sie hielt. Ziemlich sauer kletterte ich durch das Fenster zurück in die Wohnung.

Suko kam mir im Hausflur entgegen. Wir trafen uns in Höhe der ersten Etage.

Der Chinese blieb stehen. Sein Gesicht zeigte einen zerknirschten Ausdruck.

»Er ist entkommen«, sagte Suko.

»Ich weiß«, erwiderte ich. »Ich habe ihn von der Leiter aus selbst laufen sehen.«

»Und jetzt?«

Mein spöttisches Lächeln kerbte die Mundwinkel. »Ein Kopfloser in New York ist schon eine Seltenheit. Ich wüsste nicht, was ich machen sollte. Außerdem fällt er auf.«

»Es sei denn, er hat Helfer in der Nähe«, meinte Suko.

»Stimmt auch wieder.« Ich ging weiter die Stufen hinab.

»Was haben die Cops unternommen?«

»Noch nichts, soviel ich weiß.«

Ich blickte Suko von der Seite her an.

»Keine Großfahndung eingeleitet?«

»Nein.«

»Warum nicht, zum Henker?«

»Keine Ahnung.«

Ich ging schneller. Im Flur stand Ray Onedin und unterhielt sich mit einen blasiert aussehenden jungen Lieutenant. Ich hörte Rays Worte.

»Ich sage Ihnen, Sir, dieser Kopflose ist eine Gefahr für unsere Stadt. Ebenso wie die skelettierten Polizisten. Sie müssen diesen Henker jagen lassen.«

Der Lieutenant winkte ab. »Reden

Sie nicht solch einen Mist, Mann. Sonst hängen uns bald die Reporter am Hals, und dann haben wir die Hysterie.«

»Das ist kein Mist, Lieutenant«, sagte ich.

Der Polizeioffizier drehte sich um und musterte mich von oben bis unten. Ich lächelte. »Fertig?«

»Wer sind Sie überhaupt?«

»Mein Name ist John Sinclair. Ich bin Oberinspektor bei Scotland Yard.«

»Ach, gibt's den verstaubten Laden auch noch? Da kam doch Sherlock Holmes her, wenn ich mich nicht irre?«

»Sie irren, Lieutenant«, erwiderte ich. »Sherlock Holmes war ein Privatdetektiv und eine Romanfigur des Schriftstellers Sir Conan Doyle.«

Die Antwort war ihm unangenehm. »Was wollen Sie also?« fragte er.

»Die Angaben des Corporals Onedin bestätigen.«

Er stampfte mit dem Fuß auf. »Es gibt keinen Kopflosen!«

»Haben Sie nicht gesehen, wie er abstürzte?«

Er winkte ab.

»Eine Puppe, ein mieser Trick oder was weiß ich nicht alles. Aber kein Mensch ohne Kopf. Ich wundere mich, dass Sie solch einen hirnverbrannten Unsinn glauben. Außerdem habe ich Ihren Namen irgendwo schon mal gehört.«

»Wahrscheinlich von Captain Hamilton.«

»Ja - möglich.«

Einige Cops versperrten den Ausgang. Laurie Ball drängte sich durch. Sie bekam die letzten Reste unseres Dialogs mit.

»Sie glauben uns nicht, Lieutenant?«

»Nein.«

»Von einem arroganten Burschen wie Sie es einer sind, kann man auch nichts anderes verlangen.«

In den Augen des Polizeioffiziers blitzte es.

»Wenn Sie keine Frau wären...«

»Hören Sie auf, Lieutenant, es hat keinen Zweck mehr.«

Der Meinung war ich ebenfalls. Der Kopflose war uns entkommen, und wir standen dumm da.

»Also keine Großfahndung?« fragte Ray Onedin.

»Nein. Ich lasse nicht nach einem Gespenst fahnden.«

»Und die Horror-Cops?« hakte Laurie nach.

Der Lieutenant bekam einen roten Kopf. »Existieren nur in Ihrer Einbildung.«

Laurie verzog die Mundwinkel. »Ich wünschte,

dass sie Ihnen mal über den Weg laufen würden.«

»Ja, ich mir auch.«

Es hatte keinen Zweck, hier herumzustehen und weiter zu diskutieren. Dieser Lieutenant war nicht zu überzeugen.

Ich nickte Suko zu, der unserem Gespräch schweigend beigewohnt hatte.

»Komm, wir gehen.«

»Und wohin?« fragte Ray Onedin.

»Ich möchte gern mit Captain Hamilton reden.«

»Gute Idee. Sehen wir uns noch?«

»Sicher. Wir werden am Abend Ihrem Revier einen Besuch abstatten. Vielleicht tauchen in dieser Nacht die Horror-Cops wieder auf. Möglich ist alles.«

Ray Onedin war einverstanden, während mich der Lieutenant anschaute wie einen Geisteskranken. Das war mir egal. Captain Hamilton würde anders denken, dessen war ich mir sicher.

Wir stiegen in Lauries Honda Accord und brausten ab. Die Neugierigen hatten sich wieder zerstreut. Im sensationshungrigen New York vergaß man eben schnell.

Zehn Kästen standen auf dem Regal. Kästen - in der Form quadratisch und von drei Seiten aus Holz gebaut. Nur die Vorderseite bestand aus Glas und gab den Blick ins Innere der Kästen frei.

Ein normaler, uneingeweihter Zuschauer wäre wahrscheinlich in Ohnmacht gefallen, denn in dreien dieser Kästen befanden sich Köpfe. Menschenköpfe!

Sieben Kästen waren leer und warteten darauf, gefüllt zu werden, aber dafür war der Inhalt der drei ersten Kästen grausam genug.

Der äußere Kasten zeigte ein hageres Gesicht, in dem die Lippen wie zu einem Schrei offenstanden. Die Augen waren verdreht, und dem Betrachter leuchtete das Weiße entgegen.

Ein schauriges Bild.

Nicht weniger schaurig präsentierte sich der zweite Kopf. Ein Glatzkopf. Blieb noch der dritte Kasten.

Er enthielt ebenfalls einen Kopf.

Doch dieser war noch jünger. Kaum einen Tag stand er hier. Die Gesichtszüge zeigten noch all den Schrecken, den der Ermordete in den letzten Sekunden seines Lebens erlebt hatte.

Dieser Kopf gehörte zu keinem anderen als zu Hank Stone, dem Reporter!

Sieben waren noch frei. Sieben Opfer für Sinistro! Er würde sie sich holen. Alle...

Nicht heute, nicht morgen, vielleicht übermorgen. Sinistro hatte Zeit, viel Zeit sogar. Nicht umsonst hatte er über dreihundert Jahre geforscht und gewartet, um seinen Kopf endlich zu finden, denn wenn er ihn besaß, war er wieder der Herr.

Irgendwo in New York lag er versteckt...

Hinter den Behältern befand sich eine Steinwand. Brennende Kerzen standen auf den Kästen und schufen ein geheimnisvolles Licht. Sinistro, der Kopflose, schritt langsam durch das Gewölbe. Vor dem ersten Kasten blieb er stehen, schaute hinein und war zufrieden. Der zweite Kasten folgte. Auch hier sah er sich den Kopf an und war zufrieden. Die Schädel gehörten seinen beiden Dienern. Er konnte sich auf sie verlassen. Sie ließen ihn nicht im Stich. Wie es sich allerdings mit dem Neuen verhielt, wusste er nicht. Dieser Hank Stone war nicht auszurechnen. Jetzt war er unterwegs, um seinen ersten Auftrag durchzuführen. Es hatte sich zu sehr herumgesprochen, dass es in New York auf eine besondere Art und Weise gärte. Jemand wusste über Sinistro und die Henker Bescheid. Und dieser Jemand sollte ausgeschaltet werden.

Hank Stone hatte den Auftrag erhalten.

Aber er hätte sich schon längst wieder melden sollen, wenn alles glatt verlaufen war. Doch es tat sich nichts, alles blieb still. Und deshalb verhielt Sinistro seinen Schritt vor dem Kopf des Reporters.

Er schaute in die Augen, die ihm das Entsetzen zeigten, und Sinistro lächelte. Ja, Angst hatten sie zuerst alle, aber hinterher standen sie unter seinem Bann.

Wie auch Hank Stone.

Sein Kopf war nicht verloren, sondern auf eine magische Weise mit dem Körper verbunden. Die beiden Teile waren zwar voneinander gelöst, doch ein unsichtbares magisches Band hielt sie zusammen. Deshalb sollte der Kopf auch die Reaktionen des Körpers anzeigen. Er sollte sich melden. Sinistro blieb vor dem Schrank stehen. Über seinem Hals flimmerte es wieder. Das Flimmern war sogar stärker geworden und hatte die ungefähre Form eines Kopfes angenommen. Ein Zeichen, dass dieser unselige Körper dachte. Und seine Gedanken formten sich um. Sie zeigten dabei die Konturen eines Schädels.

Irgendwo inmitten des geheimnisvollen Flimmerns ertönte die Stimme. Sinistro sprach mit dem Kopf, dabei störte ihn die Glasscheibe, und er öffnete sie.

Die kleine Tür quietschte, als sie aufgezogen wurde.

Sinistro stand vor dem Kasten wie ein Mensch vor einem Käfig, der seinen Sittich beobachtet.

»Rede schon!« flüsterte Sinistro. »Ist etwas geschehen? Es muss etwas geschehen sein! Ich fühle es!«

Der Mund blieb stumm.

Sinistro ballte die Hände zu Fäusten. Er machte sich Vorwürfe, dass er dem Neuen schon einen Auftrag gegeben hatte. Aber er musste sich bewähren. Erst wenn er die Probe bestanden hatte, war er ein vollwertiges Mitglied der makabren Gemeinschaft.

Würde der Kopf reden? Ja, er sprach.

Das Hoffen des Magiers zeigte Erfolg.

Plötzlich bewegten sich die blutleeren Lippen. Noch drangen keine Worte aus dem Mund, die Übung fehlte einfach. Vielleicht funktionierte auch die Kommunikation zwischen Rumpf und Kopf noch nicht richtig, vielleicht wurde das magische Band brüchig.

Sinistro beugte sich vor. Das Flimmern befand sich jetzt dicht vor der offenen Tür.

»Sag etwas«, flüsterte Sinistro. »Los, sag was!«

Stöhnlaute drangen aus dem Mund. Vergeblich versuchten die Lippen, Worte zu formen.

Sinistro beugte sich noch weiter vor.

Das Flimmern wurde intensiver, ein Zeichen, wie innerlich erregt er war.

»Was ist geschehen? Was?«

Dann die ersten Worte. Abgehackt, immer wieder durch Stöhnen unterbrochen.

»...nicht geschafft. Vorbei... Flucht… fliehen... die Axt verloren. Hinter mir her... Sturz... aahhh-grr...«

Sinistro bebte. Aus den Bruchstücken hatte er vernommen, dass alles schiefgelaufen war.

Hank Stone hatte versagt.

Aber war er, Sinistro, nicht auch ein Versager?

»Rede weiter!« keuchte er.

»Rede...«

Und die Lippen taten ihm den Gefallen, während sich auf dem Gesicht Gefühle widerspiegelten, die sein Rumpf in einer meilenweiten Entfernung empfand.

»Ein Mann... Sinclair... er jagt mich... ich entkomme, springe von der Leiter. Doch Sinclair ist schnell. Ich habe ihn nicht besiegen können. Er weiß vieles, fast alles. Er kennt Henry, den weisen Alten, hat mit ihm gesprochen. Ich lese seine Gedanken. Sinclair ist gefährlich. Er muss verschwinden. Er und seine Freunde.«

»Wer sind seine Freunde?«

»Eine Kollegin, ein Reporter und ein Chinese. Sie bilden die große Gefahr. Ich komme an Sinclair nicht heran. Es ist zu schwer. Aber an die anderen. Sie sind leichter zu... jetzt stürze ich ab...« Pause. Sekundenlang hörte Sinistro nichts, nur die Lippen bewegten sich im lautlosen Gespräch.

War die Verbindung jetzt unterbrochen? Schaffte der Kopf es nicht mehr, das Gesehene umzusetzen?

»Rede weiter!« keuchte Sinistro. »Sprich, was ist geschehen? Hat man dich gefangen?«

Der Kopf blieb stumm. Eine ganze Weile.

Dann bewegten sich die Lippen wieder. Sie

flüsterten, sie keuchten, formten Worte.

»Ich... ich verliere die Kapuze. Die Leute... sie – sie haben Angst. Schreien... wo bin ich?«

Sinistro zuckte zusammen. Was der Kopf ihm mitteilte, gefiel ihm überhaupt nicht.

Sein Diener erregte Aufsehen. Er musste so rasch wie möglich wieder herkommen.

Sinistro war nicht umsonst ein großer Magier. Er beherrschte viele Sparten der Hexerei und Zauberei. Er trat zwei Schritte in das Gewölbe hinein, hob die Schultern, neigte den Kopf und fuhr die ausgestreckten Arme in die Höhe, so dass seine Hände auf einer Ebene lagen.

Dann sprach er eine Beschwörung.

Es waren kehlige Laute, die aus seinem Mund drangen, in einer Sprache, die auf der Erde höchstens Eingeweihte kannten. Er mobilisierte all seine Kräfte, um den Diener zurückzuholen.

Zwischen seinen Händen knisterte es, als würde sich dort ein elektrisches Spannungsfeld aufbauen. Es gloste und rauschte, aber keine Funken sprühten auf. Ein kalter Hauch zog plötzlich durch das Gewölbe. Unsichtbare Finger schienen an dem dunkelroten Gewand des Magiers zu zerren.

Die schreckliche Beschwörung trug ihre Früchte. Er kam.

Der kopflose Reporter stand plötzlich innerhalb des Gewölbes.

Eine makabre Gestalt ohne Kapuze und ohne Axt. Sie waren zurückgeblieben.

Sinistro war beruhigt. Die Beschwörung hatte funktioniert. Sein Diener stand wieder vor ihm.

»Du hast versagt!« stellte Sinistro fest.

»Er – er war zu stark!«

Die Antwort klang hohl, und die Stimme drang aus dem Nichts über dem Hals des ehemaligen Reporters.

Dieser Meinung war Sinistro auch, aber das konnte er unmöglich zugeben. Er wusste jedoch, dass ein Gegner in New York herumlief, den er nicht unterschätzen durfte.

Sinclair!

Dieser Name hatte sich unauslöschlich in sein Gedächtnis eingegraben. Sinclair war stark, aber er hatte schwache Punkte.

Seine Freunde.

Sie waren nicht so sehr mit dem Geschehen verwachsen. Und da würde der Magier zupacken.

Sinistro besaß die Gabe zu sehen. Wenn er seine Beschwörungen durchführte, und sich dabei auf die entsprechende Person konzentrierte, dann sah er sie auch. Und nicht nur sie, sondern auch die Umgebung, in der sie sich befand.

Dieses Gewölbe hier unten war nur eine Zwischenstation. Sinistros wahre Heimat lag woanders. Dort war er noch stärker. Und dort wollte er Sinclair und seine Freunde hin transportieren. Vorausgesetzt, sie wurden nicht schon vorher erledigt.

Denn die Diener des Schwarzen Tods befanden sich ebenfalls noch in New York, um den Weg des Bösen zu ebnen. Getrennt kämpfen, vereint zuschlagen, das wollten Sinistro und der Schwarze Tod. So war es verabredet.

Und deshalb begann Sinistro sofort mit der Beschwörung.

Captain Hamilton von der City Police hatte sich nicht verändert. Er hatte eine bullige Figur und einen kantigen Schädel. Sein Organ war nicht das leiseste, aber er war ein Polizeioffizier vom alten Schrot und Korn, und ein Kerl, auf den man sich hundertprozentig verlassen konnte.

Er schüttelte mir die Hand, als wollte er mir den Arm aus dem Gelenk reißen.

»Halt, Captain!« rief ich. »Nicht so stürmisch, ich werde noch gebraucht.«

»Schon gut, John, ich dachte immer, ihr Burschen vom Yard seid hart im Nehmen.«

»Ja, aber wir sind auch Menschen.«

Er lachte dröhnend.

Suko bekam einen ebenso kräftigen Händedruck wie ich. Nur konterte der Chinese.

Und da zog Captain Hamilton die Hand zurück.

Suko gestattete sich ein Lächeln. »Wie gesagt, Captain, wir sind alle nur Menschen.«

Hamilton schüttelte seine Hand. »Das habe ich gerade gemerkt. Aber nehmt doch Platz.«

Laurie Ball hatte er schon vorher begrüßt. Die beiden kannten sich ebenfalls.

Der Captain wusste, dass er sich auf die Reporterin verlassen konnte. Sie würde erst etwas über diesen Fall schreiben, wenn die Sache ausgestanden war.

Hoffentlich ging sie gut aus...

»So, dann setzt euch mal«, sagte Hamilton und deutete auf einige Stühle, die ein Cop in sein Zimmer gestellt hatte. »Ihr habt ja bereits Furore gemacht.«

»Wieso?« fragte ich unschuldig.

Hamilton zog die Lippen zurück und zeigte sein kräftiges Gebiss. »Der gute Leutnant Merrit hat mich schon angerufen. Es war sehr pikiert.« Ich wandte mich Laurie zu. »Das war doch der ungläubige Thomas?«

»Ja.«

Der Captain lachte.

»Ungläubiger Thomas ist gut. Für Merrit ist eine Welt zusammengebrochen. Er hat erst vor zwei Monaten die Polizeischule verlassen, und da kommen Sie mit Geistern und Dämonen. Sogar mit einem Kopflosen. Das hat Merrit nicht gepackt. Sie hätten ihn mal schimpfen hören sollen. Einen Verrückten hat er Sie genannt, und ich sollte mich von Ihnen nur nicht einseifen lassen. Er redete sich so in Rage, dass er zuletzt sogar verlangte, sie einzusperren. Sie wären eine Gefahr für die Öffentlichkeit.«

»Und was haben Sie erwidert?« fragte ich.

»Ich habe ihn reden lassen und aufgelegt. Schließlich kennen wir uns besser.«

»Das will ich meinen, Captain.«

Hamilton strich über sein kurzgeschnittenes Haar. »Okay«, sagte er, »jetzt sind Sie dran, John. Worum geht es diesmal?«

»Um die Horror-Cops!«

Hamilton nickte. »Das habe ich mir fast gedacht.«

»Dann wissen Sie davon?«

»Man kann die Frage mit einem ja beantworten.«

»Haben Sie die Skelette schon gesehen?«

»Ich selbst nicht.«

»Aber es gibt Zeugen?«

Hamilton hob die Schultern.

»Ich bin ein Zeuge«, sagte Laurie Ball. »Ich habe diese drei Skelett-Cops selbst gesehen und auch mitbekommen, wie sie Hank Stone abtransportierten...«

»... der uns dann als Kopfloser wieder begegnet

ist«, vollendete ich den Satz.

Der Captain runzelte die Stirn. »Okay, das glaube ich Ihnen. Nur - was hat das eine mit dem anderen zu tun?«

»Da kann ich nur vermuten.«

Der Captain spielte mit einem Bleistift.

»Vermuten Sie mal, John.«

»Ich habe mit dem Vater eines Polizisten gesprochen. Mit Henry Onedin. Dieser Mann kennt sich sehr gut aus. Er hat mir von einem Dämon namens Sinistro erzählt. . .«

Ich berichtete dem Captain, was ich alles erfahren hatte, und Hamilton hörte genau zu.

Als ich fertig war, nickte er. Dann sagte er: »Wie ich aus Ihrer Erzählung entnehme, haben wir es hier mit zwei verschiedenen Fällen zu tun.«

»Richtig.«

»Und Sie suchen die Verbindung?«

»Auch richtig.«

»Dann ist ja alles klar.«

Ich musste über die Antwort des Captains lachen. Nichts war klar, wir hatten zwar Fakten in der Hand, aber wir wussten nicht, wie wir sie zusammenbringen sollten. Da waren einmal die Horror-Cops, die wohl auf Initiative meines Erzfeines, dem Schwarzen Tod, New York unsicher machten, auf der anderen Seite hatten wir es mit dem gefährlichen Magier Sinistro zu tun. Und mit seinen kopflosen Henkern. Sinistro suchte seinen Kopf, um wieder die Macht zu erlangen, die er vor dreihundert Jahren besessen hatte. Um diesen Kopf zu finden, ging er über Leichen, da nahm er keinerlei Rücksicht, war eiskalt und grausam. Und wir standen genau dazwischen.

Eine feine Sache.

Captain Hamilton sprach aus, was ich dachte. »Die Frage ist, was sollen wir zuerst in Angriff nehmen. Sollen wir uns um die Horror-Cops kümmern oder um die Kopflosen?«

Ich runzelte die Stirn.

Suko machte einen Vorschlag. »Wir könnten uns die Arbeit teilen.«

Ich war dagegen. »Wir wären zu schwach. Es ist besser, wenn wir frontal angreifen.«

»Du vergisst Bill«, erinnerte mich Suko an den Reporter. »Er kann auch etwas tun.«

»Das stimmt.« Wegen Bill hatte ich sogar ein etwas schlechtes Gewissen, weil er in seinem Hotelzimmer saß und schmorte. Er musste einfach einen Auftrag bekommen.

»Ich rufe ihn mal an«, sagte ich.

Hamilton schob mir den Telefonapparat herüber.

Doch bevor ich den Hörer in die Hand nehmen konnte, trat ein weiterer Bekannter ein.

Sergeant McCandle.

»Hahaha!« röhrte er, »John Sinclair, der alte Gespensterjäger. Leben Sie auch noch?«

Ich stand auf, und der dicke Sergeant drückte mich an seinen gewaltigen Bauch.

Er war so wie früher. Vielleicht hatte er sogar noch zugenommen. Ich wusste, dass er gern Bier trank, und der Gerstensaft war natürlich kein Schlankmacher.

»Mann, Sinclair, dass es Sie mal wieder nach New York treibt.« Er lachte dröhnend. »Leutnant Merrit ist sauer auf Sie. Er hat etwas abgeben lassen.«

»Und was?«

»Moment, ich hole es.« Der Sergeant verschwand und kam mit dem Beil und der Kapuze wieder. »Das hier.«

Captain Hamilton runzelte die Stirn. »Da haben wir ja zwei Beweisstücke«, sagte er. »Sergeant, schließen Sie die Sachen ein.«

»Okay, Captain.«

»Auf Merritts Erklärung bin ich gespannt«, sagte Hamilton. Ich hob nur die Schultern.

»Wie wollen Sie denn weiter vorgehen, John?« fragte er mich.

»Am besten kümmere ich mich um die Horror-Cops.«

»Die müssen Sie erst finden.«

»Corporal Onedin wird mich begleiten. «

Der Captain nickte. »Ich würde gern mitgehen, aber ich habe einen Fall am Hals, der ziemlich dringlich ist. Es geht um eine Totschlagsache, deshalb kann ich Sie und Ihre Freunde nur passiv unterstützen.«

Ich winkte ab. »Macht nichts. Sobald wir etwas hören, dass Ihr Eingreifen erforderlich macht, rufe ich Sie an, Captain.«

»Machen Sie das!«

»Und wenn der Captain nicht da ist, halten Sie sich an mich«, sagte Sergeant McCandle.

»Danke.«

Dann wollte ich endlich mein Gespräch mit Bill Conolly führen. McCandle suchte mir freundlicherweise die Telefonnummer heraus.

Ich wählte, doch es war besetzt.

»Der gute Bill telefoniert bestimmt mit London«, meinte Suko.

»Möglich.« Ich schob den Apparat wieder zur Seite. »Wir können ihn ja später anrufen, denn wenn er Sheila an der Strippe hat, dauert das Gespräch sowieso länger.«

Suko lachte.

Ich aber war beruhigt.

Dass diese Beruhigung trügerisch war, konnte ich zu diesem Zeitpunkt noch nicht ahnen. Die andere Seite hatte ihr Netz bereits geknüpft, in dem wir uns verfangen sollten...

Bill Conolly legte den Telefonhörer auf die Gabel.

Seine Laune war gestiegen, nachdem er mit Sheila, seiner Frau in London, telefoniert hatte. Sheila und Shao fühlten sich recht wohl. Sie gingen spazieren und nahmen den kleinen Johnny hin und wieder mit.

Der Reporter war beruhigt. Und doch ärgerte er sich.

Zu lange saß er bereits in seinem Hotelzimmer fest. Der kurze Besuch, den Laurie, John und Suko machen wollten, hatte sich verdammt in die Länge gezogen.

Zu lang, fand Bill.

Er rauchte eine Zigarette und überlegte krampfhaft, was er unternehmen sollte. In New York zu sein und nicht aus dem Hotel zu können, das passte ihm gar nicht. Natürlich hätte Bill Spazierengehen können, aber dann wären die anderen ausgerechnet in der Zeit zurückgekommen, wo er unterwegs war.

Man kannte das ja. Bill trat ans Fenster.

Der Blick fiel nach Süden. Er sah das Rockefeller Center, und die zahlreichen anderen hohen Bauten, die Manhattan so berühmt gemacht hatten.

Sie stachen in den heißen Augusthimmel und schienen in der Hitze zu zerfließen.

Bill Fleming merkte von der Hitze nichts. Die Zimmer besaßen eine Klimaanlage, die ausgezeichnet funktionierte, aber unten in den Straßenschluchten, da staute es sich. Da wurde die Hitze noch von den Benzindünsten aufgeladen und zu einer ewigen Qual für die anwesenden Menschen.

Bill wandte sich ab.

Er wollte zu seinen Zigaretten greifen und hatte die Schachtel sogar schon in der Hand, da klopfte es.

Bill richtete sich aus seiner gebückten Haltung auf, ohne die Glimmstängel anzufassen.

»Wer ist dort?« fragte er.

»Der Zimmerservice, Sir. Wir reichen eine kleine Erfrischung auf Kosten des Hauses.«

Die kam Bill gerade recht. Er ging, um zu öffnen, doch noch bevor er die Hand auf den Knauf legen konnte, wurde die Tür aufgedrückt.

Der Zimmer-Service war wirklich originell. Nicht ein Mann stand vor der Tür, sondern zwei.

Aber keine Kellner - sondern Henker. Bill war geschockt, die anderen nicht.

Und sie schlugen sofort zu. Nicht mit der Axt, sie nahmen die Fäuste. Bill kassierte den Schlag dicht oberhalb der Gürtellinie. Der Hieb trieb ihn zurück, er hatte ihn völlig unvorbereitet getroffen, und der Reporter schnappte verzweifelt nach Luft. Plötzlich hatte er Pudding in den Knien und sah die Welt nur noch verschwommen.

Einer der Henker knallte die Tür ins Schloss. Dann kamen die beiden auf den Reporter zu.

Doch Bill Conolly war hart im Nehmen. Er hatte

den Schlag schon verdaut und dachte nicht ans Aufgeben. Auch nicht, als zwei Gegner ihm gegenüberstanden.

Dem nächsten Hieb wich Bill Conolly aus. Er bewegte sich nach rechts und riss blitzschnell den Stuhl hoch, der vor dem schmalen Schreibsekretär stand.

Damit drosch er zu.

Einer der Henker lief haargenau in den Schlag hinein. Der Stuhl krachte auf seine Schulter und drückte gleichzeitig den Stoff der roten Kapuze ein.

Bill Conolly bekam einen Schreck.

Er hatte damit gerechnet, auf Widerstand zu treffen, doch nun sah er, wie ein Stuhlbein dem Kerl die Kapuze vom Hals fegte.

Vor ihm stand ein Kopfloser. Bill hielt den Atem an.

Urplötzlich packte ihn das Entsetzen. Er schüttelte den Kopf, konnte einfach nicht begreifen, was er sah. Sekundenlang war er abgelenkt. Der zweite Henker griff an.

Mit beiden Händen schlug er zu. Er hatte sie zusammengelegt und rammte sie von oben nach unten.

Im letzten Moment sprang Bill zur Seite. Der mörderische Schlag verfehlte ihn.

Bill wurde zwar noch an der Schulter gestreift, doch den Treffer verdaute er.

Sofort schickte der Henker eine Handkante hinterher. Bill konterte.

Er traf den Unterarm des Kapuzenträgers, packte ihn auch und nebelte ihn herum.

Keine Reaktion

Normalerweise wäre ein Mensch zu Boden gegangen. Hinter diesem Hebelgriff lag eine ungeheure Kraft, aber der Rote Henker widerstand dem Griff.

Bill Conolly war geschockt... Und dann griff der zweite, der kapuzenlose Kerl, ein.

Plötzlich sah Bill eine Faust riesengroß vor seinen Augen auftauchen. Er wollte noch den Kopf zur Seite nehmen, schaffte es aber nicht mehr. Der Schlag traf ihn voll.

Er explodierte förmlich an seiner Kinnspitze. Bills Kopf wurde in den Nacken gerissen. Ein Welt-all blitzte vor seinen Augen auf mit all den Sternen und Sonnen, doch diese Dinge verschwanden so schnell wie sie gekommen waren in einer tiefen Schwärze.

Bill merkte nicht mehr, wie er zu Boden fiel. Die Bewusstlosigkeit hielt ihn bereits umfangen...

Bevor wir uns auf die Suche nach den Horror-Cops machten, fuhren wir erst einmal ins Hotel.

Ich war durchgeschwitzt, und auch mein Anzug hatte einiges mitbekommen. Er war ziemlich lädiert, fleckig und zum Teil zerrissen.

Laurie setzte uns in der Tiefgarage des Hotels ab. Sie fuhr zwei Etagen mit hoch, wollt«; in der Bar warten.

Ich war einverstanden.

»Zuerst werde ich mal nach Bill Conolly schauen«, sagte ich zu Suko, als wir im Lift standen.

Der Chinese nickte. Der Aufzug stoppte.

Wir stiegen aus und gingen den Flur entlang. Suko verschwand in seinem Raum, während ich an Bills Tür klopfte.

Niemand rief eine Antwort. War Bill nicht da?

Ich schaute näher nach und sah, dass seine Tür nicht abgeschlossen war. Einen winzigen Spalt stand sie offen.

Nachdenklich runzelte ich die Stirn. Mein Misstrauen war erwacht. Ich zog meine Beretta und drückte mit der linken Hand die Zimmertür auf. Langsam schwang sie zurück.

Ich schaute in ein leeres Zimmer.

Vorsichtig überschritt ich die Schwelle. Meine Blicke durchforschten den Raum.

Nichts, was auf einen Kampf hindeutete. Alles stand an seinem Platz. Seltsam...

Ich wandte mich nach rechts, wo die Tür zum Bad lag.

Ebenso vorsichtig wie die andere drückte ich sie auf und betrat den quadratischen Raum.

Auch hier fand ich keine Spur von Bill. Wohl aber einen zerbrochenen Stuhl.

Er lag neben der Wanne, es fehlte ein Bein.

Meine Gedanken rasten. Wie kam der Stuhl hier ins Bad? Ich hatte in meinem Zimmer den gleichen Stuhl stehen, jedoch vor dem Schreibtisch. Hier stimmte etwas nicht.

Scharf sog ich die Luft ein. Ich wusste plötzlich, dass Bill Conolly das Zimmer nicht freiwillig verlassen hatte. Er war dazu gezwungen worden. Von wem?

Meine Besorgnis wuchs. Nach diesem Zwischenfall konnte ich davon ausgehen, dass uns die Gegner dichter auf den Fersen waren, als wir bisher annahmen. Wir wurden in eine Defensivrolle hineingedrängt, die mir überhaupt nicht schmeckte.

Für mich gab es keinen Zweifel mehr, dass Bill entführt worden war.

Ich ließ Dusche sein und klopfte an Sukos Zimmertür. Der Chinese öffnete sofort, sah mein Gesicht und fragte nur: »Was ist geschehen, John?«

»Bill ist weg!«

Suko runzelte die Stirn.

Ich drängte mich an ihm vorbei. »Er ist entführt worden, verdammt!« Der Chinese schloss die Tür.

»Bist du sicher?«

Ich nickte und stand schon neben dem Telefon. Hoffentlich erreichte ich Captain Hamilton noch.

Er war da.

»Da haben Sie aber Glück gehabt«, meinte er. »Was gibt es, John?«

Ich berichtete.

Hamilton schnaufte.

»Das hat uns noch gefehlt. Aber ich kann nichts machen. Kidnapping ist ein Fall für das FBI.«

Daran hatte ich gar nicht gedacht. Nachdenklich nagte ich an meiner Unterlippe.

»Dann können Sie nichts machen?« erkundigte ich mich.

»Nein, ich müsste den Fall weitermelden.«

»Um Himmels willen, nur das nicht. Die Entführung darf keine größeren Kreise ziehen. Wenn sich die G-Men einschalten, müsste ich auspacken. Und das ist schlecht. Wahrscheinlich wollen unsere Gegner nur mich, also kein Lösegeld. Diesen Fall dürfen wir nicht mit normalen Maßstäben messen.«

»Hat man sich denn schon bei Ihnen gemeldet?« erkundigte sich Captain Hamilton.

»Bisher noch nicht.«

»Sagen Sie mir dann Bescheid?«

»Sicher.«

»Und die Horror-Cops?« fragte er.

»Ich werde auf jeden Fall am Ball bleiben. Denn das eine wird mit dem anderen zu tun haben. Dessen bin ich mir sicher.«

»Dann wünsche ich Ihnen viel Glück.«

»Danke, Captain, ich kann es brauchen. «

Ziemlich resigniert legte ich auf. Diesmal machte ich mir Vorwürfe. Wir hätten Bill mitnehmen sollen, aber jetzt war es zu spät, wir mussten uns mit den Tatsachen abfinden, so schwer dies auch war.

»Sinistro«, sagte Suko, »er steckt dahinter.«

Ich hob den Blick und schaute den Chinesen an. »Oder der Schwarze Tod.«

Suko hob die Schultern.

Ich schnickte mit den Fingern. »Du gehst am besten zu Laurie hinunter. Ich will noch etwas warten. Vielleicht kommt ein Anruf. Erwarte mich in einer halben Stunde unten in der Bar.«

Der Chinese war einverstanden.

Ich ging wieder zurück in mein Zimmer, nahm das Telefon mit ins Bad und entledigte mich meiner Kleidung.

Dann duschte ich mich ab und zog andere Sachen an.

Als das Telefon klingelte, zuckte ich zusammen. Hastig nahm ich den Hörer.

»Ja?«

Zuerst hörte ich nichts. Nur ein neutrales Rauschen und Knacken in der Leitung.

Dann eine Stimme. »Sinclair?« »Am Apparat. «

»Vermissen Sie nichts?« Die Stimme klang zischend, aber der triumphierende Tonfall war nicht zu überhören.

»Sind Sie Sinistro?«

Lachen. »Ja, Sie kennen sich gut aus, Sinclair. Aber das ist egal. Sieger bin ich. Um noch einmal auf meine erste Frage zurückzukommen, vermissen Sie wirklich nichts?«

Ich ließ die Katze aus dem Sack.

»Sie meinen Bill Conolly?«

»Richtig.«

Ich atmete tief ein.

»Und?«

Sinistro lachte.

»Ich habe ihn, Sinclair. Und er lebt, ihr Freund. Noch«, fügte er hinzu.

»Was verlangen Sie?«

»Das werde ich Ihnen noch früh genug mitteilen. Machen Sie sich auf einiges gefasst. Sie hören von mir!«

Aufgelegt.

Ich stand da und starrte auf den Hörer. Dann aber legte ich ihn auf die Gabel zurück und gab mir einen innerlichen Ruck. Okay, dieser Sinistro hatte Bill, aber aufgeben wollte ich nicht. Wenn ich die Horror-Cops fand, dann hatte ich auch Sinistro.

So dachte ich jedenfalls.

Aber der Mensch kann sich irren. Ohne es zu wollen, hatte ich mich bereits in Sinistros Netz verfangen...

Laurie Ball hatte die Nachricht gefasst aufgenommen. »Sie sind gefährlicher als ich dachte«, sagte sie.

Ich stimmte ihr zu.

»Und jetzt?« fragte sie. Ihr Gesicht sah fahl aus. Das grüne Licht aus einer Lampe streute über ihr Haar.

»Wir bleiben am Ball«, erwiderte ich.

»Du meinst die Horror-Cops?«

»Ja.«

»Kann ich irgendetwas für dich tun?«

Ich nickte.

»Zwei Dinge, Laurie. Erstens kannst du uns deinen Wagen leihen, und zweitens möchte ich dich als Wache einsetzen!«

»Als Wache? Wieso?«

»Bleib auf meinem Zimmer. Es kann sein, dass dieser Sinistro anruft. Höre dir an, was er zu sagen hat, und versuche, ihn hinzuhalten.

»Und was soll ich sagen?«

Ich hob die Schultern. »Das kommt ganz auf den Anrufer an.«

»Du bist gut.«

Ich tippte sie mit dem Finger an. »Laurie-Girl, du bist Reporterin. Du hast also Fantasie, und ich bin sicher, dass dir schon was einfallen wird.«

»Wenn du meinst.«

»Bestimmt.« Ich lächelte.

Wir sprachen den Fall noch einige Minuten durch, dann fuhr Laurie Ball hoch, nachdem sie mir ihren Autoschlüssel überlassen hatte.

Ich hatte keine Schwierigkeiten, den Honda zu fahren, obwohl ich den Bentley gewohnt war.

Suko saß neben mir. Er sah ziemlich bekümmert aus. In London fühlte er sich wohler.

Wir aber mussten in die Bronx.

Corporal Onedin hatte uns den Weg zwar erklärt, aber es war doch nicht einfach, ihn zu finden. Es gibt eine breite Straße, die den Stadtteil Bronx von Nord nach Süd durchschneidet. Das ist der Major Deegan Boulevard. Im Ortsteil Morrisania ordneten wir uns in den großen Verteiler ein und fuhren auf dem Cross Bronx Expressway in Richtung Westen weiter.

In Höhe des Claremont Parks bogen wir auch von dieser Straße ab. Wir hatten inzwischen schon einen ersten Eindruck von der South Bronx bekommen.

Schmutzige, leerstehende Häuserkästen, ein Straßengewirr mit aufgerissenem Pflaster. Armut, Dreck und Elend. Die Zeitungen, auch die europäischen, übertrieben nicht, wenn sie Berichte aus der South Bronx brachten.

»Hier möchte ich nicht mal als Leiche über dem Zaun hängen«, meinte Suko.

»Dann tut dir sowieso nichts mehr weh«, erwiderte ich.

»Auch wieder recht.«

Jetzt begann die Sucherei. Einen der Passanten zu fragen, wagten wir nicht. Wer sich in dieser Gegend nach einem Polizeirevier erkundigt, ist sowieso verdächtig.

Einmal wurden wir von einer Horde Rocker überholt. Für Sekunden kreisten sie uns mit ihren Maschinen ein. Sie schauten in den Wagen hinein, überlegten wohl, ob es sich lohne, uns auszurauben, fuhren aber weiter. Ich atmete auf.

Das Revier fanden wir eigentlich nur durch einen Zufall. Suko entdeckte das Backsteingebäude.

»Da ist es ja«, sagte er und deutete aus dem Fenster. Ich zog den Honda auf die andere Straßenseite.

Vor dem Gebäude stand ein Streifenwagen. Er war heil, ein Wunder in dieser Gegend.

Ich hielt ebenfalls, schloss den Wagen ab und schaute mich um.

Etwas kam mir komisch vor. Die Straße war leer. Im Gegensatz zu den Parallelstraßen und -gassen, in denen zahlreiche Müßiggänger, Penner und Bandenmitglieder herumhingen.

Ich machte Suko darauf aufmerksam.

Der Chinese nickte.

»Scheint, dass wir schon eine heiße Spur gefunden haben.«

»Möglich.«

Ob man unsere Ankunft bereits bemerkt hatte, konnte ich nicht sagen. Vor den Fenstern des Reviers hingen Stahlrollos. Auch eine Sicherheitsmaßnahme.

Zusätzlich war die Tür verschlossen.

Ich fand aber eine Klingel unter den Rillen eines Lautsprechers, drückte den Knopf und meldete unsere Ankunft.

»Wir haben Sie bereits erwartet«, quälte es zurück. Wunderbar. Ein Summer ertönte, und ich konnte die Tür aufdrücken.

Der Gang dahinter war düster. Links ging es in den eigentlichen Revierraum.

Ich trat ein.

Suko befand sich hinter mir. Seine und meine Blicke glitten über die gefliesten Wände, die alten Holzschreibtische, den Zellentrakt für die Untersuchungsgefangenen, und sie saugten sich schließlich an den drei Polizisten fest, die den Raum besetzt hielten.

Ein Sergeant erhob sich von seinem Stuhl.

»John Sinclair, ein Kollege des Yards, wenn ich mich nicht irre«, sagte er.

»Sie haben recht, Sergeant.«

Er reichte mir die Rechte. »Ich heiße Sie

willkommen.«

Das musste der Mann sein, von dem mir Laurie Ball berichtet hatte. Seine Tränensäcke stachen tatsächlich sofort ins Auge. Die Haut schimmerte rötlich, war großporig, der Mund wirkte wie ein roter flachliegender Halbmond, und von der Statur her brachte er mehr auf die Waage als ich.

»Mein Name ist Tucker«, stellte er sich vor. Er machte eine Handbewegung und deutete auf seine an den Schreibtischen sitzenden Kollegen. »Der Schwarzhaarige dort ist Tino Ricci, und der Mann mit der Stoppelbürste heißt Vance Harper.«

Ricci und Harper hoben die Hände zum Gruß.

Ich erklärte, wer Suko war und fragte dann nach Corporal Onedin. »Der ist noch nicht hier«, meinte der Sergeant.

»Wieso?«

»Er wird wohl krank sein.«

Ich ging ein paar Schritte vor und ließ die Barriere hinter mir. »Haben Sie denn nicht angerufen?«

»Das wollte ich gerade, aber da kamen Sie herein.«

Meine Sorge wuchs, aber auch mein Misstrauen. Dieses Polizeirevier gefiel mir nicht, wenn ich ehrlich war. Normalerweise ist man von einem New Yorker Revier Hektik und Action gewohnt. Hier war es ruhig. Und das in der South Bronx!

Tino Ricci und Vance Harper, beide Corporale, widmeten sich wieder ihrer Arbeit. Sie schrieben Protokolle. Im Ein-Finger-Suchsystem. Um Suko und mich kümmerten sie sich nicht.

Ich warf dem Chinesen einen Blick zu, der mein Misstrauen und meine Verwunderung ausdrückte.

Suko hob nur die Schultern.

Auch er schien es komisch zu finden. Dieses Revier war ihm und mir nicht ganz geheuer. Ich beschloss, noch mehr auf der Hut zu sein als zuvor.

Sergeant Tucker hielt den Telefonhörer gegen sein rechtes Ohr gepresst. Er sprach nur einsilbig. Über ein Ja und ein Nein ging seine Konversation kaum heraus.

Ich blieb im Hintergrund. Als er auflegte, zeigte sein Gesicht einen verstörten Ausdruck.

»Was ist geschehen?« fragte ich.

»Ich sprach mit Sarah Onedin. Sie sagte mir, dass ihr Mann pünktlich zur Arbeit gegangen wäre.«

»Dann ist ihm unterwegs etwas passiert«, erwiderte ich sofort.

Tino Ricci meldete sich. »Oder er ist in irgendeiner Kneipe hängengeblieben.«

»So schätze ich ihn nicht ein«, entgegnete ich.

Ricci grinste und hob die Schultern. Auch der Sergeant lächelte, doch als ich ihn anschaute, nahm sein Gesicht sofort wieder einen besorgten Ausdruck an.

Ich aber hatte genug gesehen. Mir kamen inzwischen die ersten Zweifel, ob Tucker überhaupt mit Sarah Onedin telefoniert hatte. Ich fühlte mich immer unwohler. Wie gern hätte ich jetzt Captain Hamilton in der Nähe gehabt, doch der war weit weg.

Ich beschloss, ein wenig auf den Busch zu klopfen. »Werden Sie mir behilflich sein, die Horror-Cops zu finden?« fragte ich Sergeant Tucker.

Er lächelte. Es kam mir falsch vor. »Natürlich. Wir tun alles, was in unseren Kräften steht.«

Die beiden Corporale nickten synchron. Und

wieder kam ich mir auf den Arm genommen vor.

»Ein seltsames Revier, nicht wahr?« Ich holte meine Zigaretten hervor und zündete mir ein Stäbchen an.

»Wieso?« fragte der Sergeant.

»Sehr ruhig hier.«

»Das geht später los.«

»Aber doch nicht in der South Bronx.«

»Sorry, Sir«, sagte Tucker. »Aber ich glaube, dass wir es sind, die hier schon lange Dienst tun. Sie sind erst einen Tag hier, und kommen zudem von einem anderen Erdteil.«

»Das stimmt. Nur hat mir Captain Hamilton einiges über die South Bronx berichtet. Er sprach auch davon, dass hier immer etwas los wäre. Aber dem scheint nicht so zu sein. Allerdings frage ich mich, ob nicht die Zeit des Todes bereits angebrochen ist.«

Der Sergeant kniff plötzlich die Lippen zusammen, und die beiden Corporate setzten sich steif hin. »Was meinen Sie denn damit?« fragte Tucker.

»Man hörte einiges. Und es gibt Leute, die die Zeit des Todes oder die Todeszeit mit einem gefährlichen Dämon in Verbindung bringen, der sich vorgenommen hat, die Welt zu beherrschen.«

Der Sergeant lachte. Es klang unecht. »Dämon. Welt beherrschen, das sind doch Begriffe, die man nur im Gruselroman liest oder aus dem Kino kennt. Mir scheint es, mit Verlaub gesagt, Sir, Sie haben zu viel Fantasie.«

»Glaube ich kaum. Aber Captain Hamilton wird mit Ihnen gesprochen haben und hat Ihnen dabei sicherlich nahegelegt, mich in meiner Arbeit zu unterstützen.«

»Das stimmt, Sir. Sie können über uns verfügen.«

»Okay, Sergeant, dann werden Sie wohl nichts dagegen haben, wenn ich ein Telefongespräch führe.«

»Wen wollen Sie denn anrufen?« Die Frage klang lauernd, und ich entnahm dem Tonfall, dass dieser Sergeant gar nicht damit einverstanden war. In den letzten Minuten hatte sich die Spannung innerhalb des Raumes verdichtet. Ich fühlte es mit jeder Faser meines Körpers, und auch Suko schien angesteckt zu sein. Das sah ich seiner lauernden Haltung an.

Ein Verdacht hatte sich in meinem Kopf eingenistet. Sollten diese drei Cops vor mir mit den Horror-Cops identisch sein? Befanden wir uns schon in der Höhle des Löwen?«

»Ich werde Sarah Onedin anrufen«, erwiderte ich.

Der Sergeant ballte die Hände. Tino Ricci stand auf. Nur Vance Harper blieb sitzen.

»Trauen Sie mir nicht?« fragte Tucker.

»Sie sagen es.«

»Ich ging zum Telefon. Dabei behielt ich den Raum im Blickfeld. Ich sah auch die Fahne der Staaten, die neben einer Tür an der Wand stand.

Und ich sah die Klinke.

Sie bewegte sich, wurde nach unten gedrückt. Ich blieb stehen.

Tucker bemerkte meinen Blick und drehte den Kopf. Auch er schaute jetzt auf die Tür.

Im gleichen Augenblick wurde er blass. Blitzschnell wandte er sich um und lief auf die Tür zu.

Es war zu spät für ihn, jedoch früh genug für uns. Plötzlich wurde die Tür aufgedrückt. Ein erbarmungswürdiges Stöhnen ertönte, und im nächsten

Augenblick kippte eine blutüberströmte Gestalt mit der Hälfte des Oberkörpers in den Raum hinein.

Ray Onedin!

Er hatte sich noch einen Atemzug lang aufrecht halten können, dann aber brach er zusammen und fiel

schwer auf die nackten Dielen der Polizeistation.

Ich war geschockt. Mit allem hatte ich gerechnet, nur nicht mit Onedins Auftauchen.

War er tot?

Im Moment konnte ich dies nicht feststellen, ich musste mich um die Horror-Cops kümmern. Denn dass sie es waren, daran zweifelte ich nun nicht mehr.

Meine Hand fuhr in den Jackenausschnitt. Ich war schnell, sehr schnell sogar, aber der Sergeant kam mir zuvor.

Noch bevor meine Finger den Griff der Beretta überhaupt berührten, spürte ich einen unangenehm bekannten Druck im Kreuz.

Die Mündung einer Waffe!

»Nimm sie hoch!« zischte die Stimme des Sergeanten.

Im nächsten Augenblick verschwand der Druck wieder. Tucker machte nicht den Fehler und blieb direkt hinter mir. So hätte ich nämlich noch herumwirbeln können, er nahm zwei Schritte Abstand.

Und er hatte sich verändert.

Ein gelblich schimmernder Skelettschädel bleckte mich an.

Das grinsende Totengesicht jagte mir einen Schauer über den Rücken, und ich saugte scharf die Luft ein. Dann warf ich einen raschen Blick auf Suko.

Dem Chinesen erging es nicht besser als mir. Ihn hatten sogar zwei in die Mangel genommen.

Tino Ricci und Vanee Harper bedrohten ihn mit ihren Dienstwaffen. Auch die Corporale hatten sich verändert. Ihre Mützen saßen auf Totenschädeln, und die Uniformen schlotterten um die bleichen Knochen der Horror-Gestalten.

In diesen schrecklichen Augenblicken jagten tausend Gedanken durch meinen Schädel. Wie kam es nur, dass Ray Onedin nicht gemerkt hatte, was mit seinen Kollegen los war. Hatte er geschlafen, war er so vertrauensselig oder hatte man ihn ganz einfach eingelullt oder unter einen hypnotischen Zwang gesetzt?

Ich wusste es nicht, aber die Wut auf die verdammten Horror-Cops wuchs von Sekunde zu Sekunde. Für das, was sie Onedin angetan hatten, gab es keine Entschuldigung. Aber diese Cops waren keine Menschen mehr, sondern dämonische Bestien.

Wesen, die keine Gnade kannten und zu keiner menschlichen Regung fähig waren.

Einer der beiden Corporale - ich wusste nicht, ob es Ricci oder Harper war - schritt auf die Zellen zu und schloss eine auf. Als die Tür offenstand, machte er eine Bewegung mit der Waffe, die nur Suko galt.

Der Chinese verstand. Er schritt in den Käfig.

Sofort wurde die Tür wieder zu gerammt und abgeschlossen.

Jetzt standen mir drei Gegner gegenüber. Die beiden Corporale gingen an mir vorbei, gelangten in meinen Rücken, und dann packten sie zu. Ihre Skelettfinger umklammerten meine Arme, ihre

Griffe waren stahlhart. Ich konnte mich kaum rühren.

Der Sergeant ließ die Waffe sinken. Er kam auf mich zu, blieb einen Schritt vor mir stehen und streckte seine knöcherne Klaue aus. Eine Sekunde später war ich meine Waffe los. Der Knöcherne schleuderte sie zu Boden.

Bis jetzt hatte ich nicht kämpfen können, aber nun war der Zeitpunkt gekommen, an dem ich zurückschlagen konnte.

Mein linkes Bein flog hoch.

Die Schuhspitze knallte gegen die Waffenhand des Horror-Cops und fegte die Pistole aus den knöchernen

Klauen. Sofort kam der nächste Tritt. Diesmal nahm ich das rechte Bein. Voll traf ich die Körpermitte des Knöchernen.

Der Sergeant wurde von der Wucht zurückgeschleudert und rutschte über einen Schreibtisch, dessen Platte er völlig leerfegte. Akten, Papiere, Unterlagen, Formulare, Schreibgeräte, ein Locher und einiges mehr segelten zu Boden.

Die beiden Corporale hielten eisern fest. Ich sammelte alle Kräfte.

Und ich schaffte es, mich mit der rechten Hand aus dem harten Griff zu lösen.

Sofort ballte ich die Hand und setzte zu einem Rundschlag an. Meine Faust traf den Knöchernen dicht unterhalb des Mützenschirms.

Der Horror-Cop wurde nach hinten geschleudert. Er verlor seine Mütze, knickte in den Knien ein und ließ mich los.

Jetzt hatte ich freie Bahn.

Doch der Kerl rechts von mir nestelte bereits an

seiner Pistolentasche. Meine Beretta hatte man mir abgenommen, auch Suko hatte seine Waffe abgeben müssen, aber mir blieb noch der silberne Dolch.

Ich riss ihn aus der Scheide.

Da hatte der Cop seine Waffe frei. Aus seinem hässlichen Maul drang ein höhnisches Lachen, als er den skelettierten Arm in meine Richtung schwang.

Ich stieß mich vom Boden ab und flog auf ihn zu. In der Rechten hielt ich den Dolch, mit der freien Linken fegte ich seinen Waffenarm zur Seite. Er schoss zwar noch, doch die Kugel fauchte an mir vorbei und spritzte in die Decke.

Dann zuckte meine rechte Hand vor.

Ein normales Messer wäre sicherlich an den Knochen abgeglitten, nicht so der geweihte silberne Dolch.

Mit ihm traf ich voll.

Weit riss der Horror-Cop seinen Rachen auf. Die beiden Kiefer funktionierten auseinander, ein schauriges Ächzen drang über seinen lippenlosen Mund. Er wankte nach hinten und fiel zu Boden.

Sofort begann der Auflösungsprozess.

Darum konnte ich mich jedoch nicht kümmern, noch standen zwei weitere Gegner gegen mich, und die waren gefährlich genug.

Vor allen Dingen der Sergeant.

Er hatte sich von meinem Hieb längst wieder erholt, war zur Seite gesprungen, so dass ihn der umgekippte Schreibtisch beim Zielen nicht im Weg stand und legte auf mich an.

Der zweite Cop zog ebenfalls. Ich aber hatte nur den Dolch.

Suko, der mir hätte helfen können, befand sich

in einer Zelle. Ich stand allein zwischen zwei Feuern.

Nichts zu machen.

Eine der Kugeln würde mich treffen.

Tucker genoss die Situation. Er schraubte sich hoch. Sein widerlicher Schädel verzog sich zu einem noch widerlicheren Grinsen, während sich der dritte Horror-Cop weiter auflöste und der Rauch dem Sergeant entgegentrieb.

Suko tobte hinter Gittern. Verzweifelt versuchte er, die Gitterstäbe der Tür auseinanderzubiegen.

Er schaffte es nicht. Selbst" mit seiner Kraft kam er gegen das Eisen nicht an.

»Und jetzt, Sinclair, lege ich dich um!« keuchte der skelettierte Sergeant...

Niemand von uns achtete auf Ray Onedin, den schwerverletzten Polizisten.

Er war kurzzeitig in Ohnmacht gefallen, hatte sich aber wieder erholt, den Kopf gehoben und bekam mit, was sich in diesem Raum abspielte.

Er sah, wie ich kämpfte, und er bemerkte, dass die Chancen plötzlich wieder beim Gegner lagen.

Ray wollte etwas tun.

Von uns unbemerkt, quälte er sich vor. Die Waffe des dritten Horror- Cops lag ganz in seiner Nähe. Zoll für Zoll kroch er auf den Revolver zu. Er biss die Zähne zusammen, weil eine erneute Bewusstlosigkeit ihn zu überwältigen drohte - aber er hielt durch.

Dann berührten seine Finger den Kolben des schweren Revolvers. Ray Onedin zog die Waffe zu sich heran, stützte den rechten Arm mit der linken Hand ab und zielte.

Es war unheimlich schwer für ihn, einen der Anwesenden ruhig vor den Lauf zu bekommen. Sie wankten, und sie schwammen vor seinen Augen.

Schließlich zeigte die Mündung auf den zweiten Corpora. Der zielte auf meinen Rücken, was ich nicht sehen konnte.

Noch einmal riss sich Ray Onedin zusammen, dann zog er den Stecher durch...

Der Schuss peitschte.

Ich hechtete zur Seite. Es war Irrsinn, ich wusste es. Man kann nicht schneller sein als eine Revolverkugel. Und doch versuchte ich es. Es war ein wahnsinniges Aufflackern des Lebenswillens.

Aber nicht mir hatte die Kugel gegolten, sondern dem Skelett, das hinter mir stand und auf meinen Rücken gezielt hatte. Die Kugel war in den Schädel des Knöchernen gedrungen und hatte ihn an der Seite zersplittert.

Ich sah dies, als ich auf den Boden prallte und mich dabei herumdrehte. Aber noch mehr bekam ich in der Drehung mit.

Ray Onedin war der Schütze. Er hatte die Waffe an sich gerissen, war aber nach dem Schuss wieder zusammengesackt und lag ausgestreckt vor mir. In seiner Rechten hielt er noch immer den schweren Revolver.

»John!« brüllte Suko. »Die Schlüssel. Sieh zu, dass du an die Schlüssel kommst...«

Das war leichter gesagt als getan. Die Schlüssel lagen zu weit weg. Sie steckten in der Uniformtasche des aufgelösten Skeletts.

Ich kam nicht ran.

Überhaupt war es schwer für mich, eine

Deckung zu finden. Die bot mir schließlich der umgekippte Schreibtisch.

Wahrscheinlich hätte ich es doch nicht geschafft, wenn Suko nicht plötzlich in das Kampfgeschehen eingegriffen hätte. Sie hatten ihm zwar die Pistole genommen, aber nicht die Peitsche.

Er zog sie hervor, führte den unteren Teil einmal kreisförmig über den Boden, und dann ringelten plötzlich die drei magischen Schnüre hervor.

Die Peitsche war schlagbereit.

All die letzten Szenen hatten sich innerhalb von Sekunden abgespielt. Ich kann gar nicht so rasch erzählen, wie das Geschehen über die Bühne lief.

Der Wille, mich zu töten, war nach wie vor vorhanden. Bei beiden - bei dem Sergeant und dem Corporal. Tucker hatte bisher noch nicht geschossen. Er war intelligenter als sein Kollege, er wollte mich unbedingt vor der Mündung haben und mich mit einem sicheren Schuss erledigen.

Den Corporal schickte er vor. Und er tat auch seine >Pflicht<.

Der Horror-Cop, der nur noch einen halben Schädel besaß, bewegte sich an der von der Tür aus gesehen linken Wandseite entlang. Er ging direkt auf das Gittergefängnis zu, wo Suko hockte.

Und der hatte die Peitsche.

Der Chinese bewahrte die Nerven. Abwartend ließ er das Skelett kommen. Die knöchernen Finger des Horror-Cops umklammerten den Revolver. Ich wusste, was er vorhatte. Von der Seite her wollte er mich vor die Mündung bekommen.

Und da Tucker ebenfalls noch anwesend war, hatten sie mich dann. Jetzt befand sich der

Corporal nah genug an der Zelle. Die Räume zwischen den Gittern waren breit genug, um einen Arm hindurchstrecken zu können.

Suko hob seine rechte Hand.

Noch zwei Schritte musste der Corporal näherkommen.

Er kam.

Da schlug Suko zu.

Die Riemen der Dämonenpeitsche pfiffen durch den Zwischenraum und klatschten gegen den Schädel des Skelettierten.

Der Erfolg war im wahrsten Sinne des Wortes durchschlagend. Ein Schrei.

Gell und markerschütternd.

Der Schädel wurde dem Horror-Cop buchstäblich von den Schultern gefegt, prallte zu Boden und rollte davon. Dann quoll eine giftgrüne Dampfwolke aus dem Halsausschnitt. Sie stank durchdringend nach Schwefel und zog als ätzende Fahne durch den Raum.

Der Corporal aber verging. Blieb nur noch Tucker.

Er brüllte vor Wut und Hass auf. Und er feuerte.

Sein Revolver spie die Kugeln aus. Er jagte sie in meine Richtung, doch ich lag noch immer hinter dem Schreibtisch in ziemlich guter Deckung.

Die Platte war stabil genug. Sie fing die einzelnen Geschosse auf, die lange Späne aus dem Holz rissen, aber keine große Durchschlagskraft besaßen.

Suko schlug wieder zu, verfehlte Tucker, weil die Peitschenriemen zu kurz waren.

Ich hatte mitgezählt und wusste, dass noch eine Kugel in Tuckers Revolvertrommel steckte.

Doch die sparte er sich auf.

Plötzlich rannte er quer durch das Office. Er jagte auf die Tür zu, seine Knochen klapperten, und ich hechtete auf meine Beretta zu, um das knöcherne Ungeheuer doch noch mit einer Kugel zu stoppen, bevor es ihm gelang, die Tür aufzureißen.

Ich erreichte meine Waffe, wälzte mich herum und schoss.

Genau in dem Moment zog der Sergeant den Kopf ein, und mein Geschoß zackte in das Türholz.

Dann war der Sergeant verschwunden. Ich sprintete hinterher.

»John!« Sukos Ruf hielt mich auf. »Den Schlüssel!«

Verdammt, das hatte ich vergessen. Ich kehrte noch einmal um und durchwühlte die Uniformtaschen des getöteten Horror-Cops.

Ich fand die Schlüssel und warf sie Suko in die Zelle. »Kümmerst du dich um den Verletzten!« rief ich meinem Freund zu. »Ich muss hinter Tucker her.«

»Aber gib acht!«

Ich hörte Sukos Ruf nicht mehr, da ich schon draußen war.

Soeben schlug die Fahrertür des vor der Tür parkenden Patrol Cars zu. Der Motor lief schon.

Mit einem Satz sprang ich die Stufen hinunter.

Da startete der Wagen. Er machte einen Bocksprung, die Hinterreifen drehten durch - weg war er.

Doch ich hatte den Honda Accord.

Selten in meinem Leben war ich schnell in ein

Auto gesprungen. Zündschlüssel rein, anlassen, Kupplung, Gang, Gas – und ab ging die Post.

Hundert Yards hatte das Patrol Car bereits Vorsprung. Verflixt viel! Und dann begann die Sirene zu jaulen. Der Horror-Cop wollte freie Bahn haben.

Ich jagte den Honda hoch.

Dieser Tucker durfte mir nicht entkommen. Gleich was geschah. Die Jagd durch New York begann...

Laurie Ball wartete in meinem Zimmer.

Sie war nervös. Übernervös sogar. Immer wieder schaute sie auf das

Telefon, sie schien es hypnotisieren zu wollen, aber nichts tat sich. Der Apparat blieb stumm.

Laurie stand auf und nahm wieder ihre Wanderung auf. Sieben Schritte hin – sieben Schritte her. Sie rauchte eine Zigarette und stieß hastig den Qualm aus. Der Ascher auf dem Tisch quoll vor Kippen schon fast über. Es passte der Reporterin nicht untätig herumzusitzen. Sie wäre gern dabei gewesen, sah aber ein, dass jemand am Telefon bleiben musste. Wie gern hätte sie mit ihrer Redaktion telefoniert, aber wenn sie sprach, konnte unter Umständen der ersehnte Anruf kommen, und dann war besetzt.

Also weiter warten. Und hoffen...

Das Zimmer kam ihr vor wie ein Gefängnis. Sieben Schritte hin - sieben her. Immer das gleiche...

Sie drückte den Glimmstängel aus. An ihren Fingerkuppen blieben Aschespuren zurück.

Es kümmerte Laurie Ball nicht. Das waren Kleinigkeiten im Vergleich zu dem, was noch auf sie zukam.

Wenn es kam...

Vielleicht war das Warten auch ganz umsonst. Vielleicht hatte die Gegenseite längst alles durchschaut und an anderer Stelle zu einem Gegenschlag ausgeholt.

Möglich war alles.

Und dann schrillte das Telefon.

Laurie zuckte zusammen. Sie hatte den Apparat bewusst laut gestellt, dass sie nur nichts überhörte.

Das zweite Klingeln.

Schrill und fordernd, wie ihr schien.

Laurie nahm ab. Einmal noch tief durchatmen, sich die Kehle freiräuspern.

»Ja?« fragte sie.

Rauschen, Knistern, aber keine Stimme.

»Hallo?« rief Laurie.

»Sinclair?« Das Organ klang kratzig.

»Nein, nicht. John... er ist im Augenblick nicht da. Ich bin aber autorisiert...«

»Wo ist er?«

»Ich weiß nicht.«

»Verdammt, dieser Hund macht es sich leicht. Aber du wirst ihn sehen - oder?«

»Bestimmt.«

»Gut. Dann bestelle ihm folgendes von Sinistro. »Wenn er seinen Freund Bill Conolly lebend wiedersehen will, muss er meinen Kopf finden. Er hat genau vierundzwanzig Stunden Zeit. Um Mitternacht des folgenden Tages läuft das Ultimatum ab. Hat er meinen Kopf bis dahin nicht gefunden, stirbt Conolly. Hast du verstanden?«

»Ja.«

»Gut, dann richte ihm das aus. Vierundzwanzig Stunden. Und keine Sekunde länger.«

Ein Knacken zeigte an, dass Sinistro aufgelegt hatte. Auch Laurie ließ den Hörer auf die Gabel fallen. Ihr wurde plötzlich schwindlig.

Vierundzwanzig Stunden gab der Magier John Zeit. Was er in dreihundert Jahren nicht geschafft hatte, sollte John innerhalb eines Tages und einer Nacht bewerkstelligen.

Eine schier unlösbare Aufgabe. Und Laurie begann zu weinen...

Anmerkungen des Autors:

Sandro Hübner meißelt in Berlin, in klaren Sätzen ein Denkmal und ist unverzichtbar für alle, die ihn bei Twentysix lesen, weiterempfehlen und auch kaufen werden.

Bisher erschienen:

Titel:	SAD SONG - Trauriges Lied -
Genre:	Kriminalroman
ISBN:	978-3-7407-3007-9

Titel:	Juliette und Taddei eine Liebe forever
Genre:	Liebesroman
ISBN:	978-3-7407-3030-7

Titel:	Rückkehr eines träumenden Delfins
Genre:	Roman
ISBN:	978-3-7407-3399-5

Titel:	Fesselnde Psycho-Horror-Geschichten
Genre:	Horror
ISBN:	978-3-7407-4455-7

Titel:	Spannende Thriller-Geschichten
Genre:	Thriller
ISBN:	978-3-7407-4636-0
Titel:	Doppelt stirbt sich besser, mit einem grauenvollen Biss
Genre:	Psychohorror
ISBN:	978-3-7407-4697-1
Titel:	TITANIC Ein Augenzeugenbericht von Helena F. Lang
Genre:	Roman
ISBN:	978-3-7407-5058-9
Titel:	Unheimliche Gruselgeschichten - Teil I -
Genre:	Gruselroman
ISBN:	978-3-7407-5067-1
Titel:	Unheimliche Gruselgeschichten - Teil II -
Genre:	Gruselroman
ISBN:	978-3-7407-5068-8

Titel:	Der Fitnesstrainer
Genre:	Roman
ISBN:	978-3-7407-5075-6

Titel:	Das Bett des Horroralptraums
Genre:	Horror
ISBN:	978-3-7407-5139-5

Titel:	Der verhängnisvolle Fehler aller Zeiten - Das Haus der Seelen
Genre:	Horror
ISBN:	978-3-7407-5317-7

Titel:	Spannende Abenteuerkurzgeschichten für Kinder
Genre:	Roman
ISBN:	978-3-7407-5415-0

Titel:	Roy Raperpotz im Land der Träume
Genre:	Roman
ISBN:	978-3-7407-1711-7

Titel:	Der grausame Helikopter des Horrors
Genre:	Horror
ISBN:	978-3-7407-2681-2

Titel:	Die Nacht des Horrors
Genre:	Horror
ISBN:	978-3-7407-4812-8

Titel:	Abenteuergeschichten für Kinder
Genre:	Roman
ISBN:	978-3-7407-6328-2

Titel:	Sommerliche Gaystories
Genre:	Roman
ISBN:	978-3-7407-5107-4

Titel:	Die Brücke zum Verrat
Genre:	Roman
ISBN:	978-3-7407-6639-9

Titel:	Das Wolfsmädchen
Genre:	Roman
ISBN:	978-3-7407-6589-7

Titel:	Mysteriöse Thriller-Geschichten aus Deutschland
Genre:	Mysterythriller
ISBN:	978-3-7407-7055-6

Titel:	Der Tod von der Theaterlegende Xaver Stieler
Genre:	Kriminalroman
ISBN:	978-3-7407-8645-8

Titel:	Die spannenden Fälle von Kommissar Black
Genre:	Kriminalroman
ISBN:	978-3-7407-8690-8

Titel:	Spannende Krimisammlung aus drei Kurzgeschichten
Genre:	Krimi
ISBN:	978-3-7407-0620-3

Titel:	Wenn du dich erinnerst...
Genre:	Krimi
ISBN:	978-3-7407-1208-2

Titel:	Der Mörder war nicht der Gärtner
Genre:	Roman
ISBN:	978-3-7407-1056-9

Titel:	Reich ins Heim
Genre:	Krimi
ISBN:	978-3-7407-1699-8

Titel:	Die Cops des Horrors
Genre:	Horror
ISBN:	978-3-7407-2726-0

DIE COPS DES HORRORS

New York – Schmelztiegel der Nationen, aber auch Brutstätte des Verbrechens. Am schlimmsten – die South Bronx. Eine Alptraum-Landschaft aus verrotteten leerstehenden Häuserblocks, verschmutzten Straßen und vergessenen Autowracks. Sinistro, der große Magier, wusste, warum er sich gerade diese Gegend ausgesucht hatte, um seine teuflischen Pläne zu verwirklichen. Hier störte ihn niemand. Hier kümmerte sich keiner um den anderen. Besser konnte er sie gar nicht vorfinden die Geburtsstätte für die Horror-Cops...